홀가분하게 산다

Original Japanese title: KOKORO TO KARADA NO NEJI WO YURUMEREBA
UMAKU IKU
Copyright © 2017 Sachiko Oki

Original Japanese edition published by President Inc.
Korean translation rights arranged with President Inc.
through The English Agency (Japan) Ltd. and Danny Hong Agency.
Korean translation Copyright © 2017 by Samtoh Co., Ltd.

홀가분하게 산다

오키 사치코 지음 — 이수미 옮김

샘터

인생을 풍요롭게 하는
작은 습관

지금 우리는 수많은 물건과 정보의 홍수 속에 있습니다.

편리해질수록 선택의 즐거움이 줄어들고 물건과 정보에 휘둘리며 스트레스를 느끼는 일은 없나요?

나이 들어서도 건강하고 풍요로운 인생을 살기 위해서는 어떤 생활 방식을 유지하면 좋을까요?

해답은 뜻밖에도 여러분의 일상 속 습관에 있습니다.

'작은 습관'이 모이면 사람이 바뀌고, 더 나아가 하루하루의 일상뿐 아니라 인생이 풍요롭고 충실해집니다.

쓸데없는 생각은 하지 않고, 불필요한 것을 지니지 않고, 단순하고 간편하게 살아간다는 것.

무슨 일이든 단순하게 생각하고 행동하면 나를 둘러싼 세계가 바뀌고 눈앞에 즐거워지고 밝은 인생이 펼쳐져 몸과 마음이 스트레스에서 해방됩니다.

청소 세계에 적을 둔 지 30년이 넘었습니다.

그동안 쾌적한 생활의 기본인 '언제나 청결하고 아름다운 방'을 유지하는 방법은 참으로 간단하다는 걸 배웠습니다.

지저분해지면 당장, 눈에 띄기 전에 바로 깨끗이 치울 것.

시간도 노력도 필요 없는 '작은 청소 습관'이야말로 늘 쾌적한 공간을 유지하기 위한 최적의 방법이며, 힘든 대청소에서 해방되는 길이랍니다.

청소뿐 아니라 수많은 나날의 작은 습관은 우리의 인생과 생활에 좋게도 나쁘게도 영향을 끼칩니다. 바닥에 물건을 두지 않는 습관, 잔돈을 소중히 여기는 습관, 늘 웃는 습관, 되도록 차를 타지 않고 걷는 습관 등등 헤아리자면 끝이 없습니다.

인생을 풍요롭게 하는 작은 습관을 들여다보면 단순한 삶이 얼마나 쾌적한지 알게 될 것입니다.

이 책에서 소개하고 있는 저의 작은 습관은 여태까지 살아오면서 실패한 경험에서 배운 것이 대부분이며, 건강하고 평화로운 현재 생활의 토대이기도 합니다.

누구에게나 저마다 다른 인생 경험이 있고, 생활 방식도 각자 다를 것입니다.

이 책이 앞으로 이어질 여러분의 풍요로운 인생을 위한 작은 습관을 찾는 데에 조금이라도 도움이 된다면 더할 나위 없이 기쁘겠습니다.

오키 사치코

제2장   지금을 성심껏 사는 습관

제3장 물건을 줄이는 습관

제1장 지금 이대로도 괜찮아요

풍요로운 마음으로 건강하게 나이를 먹는다

물욕이 크고 작음은 사람에 따라 저마다 다르다.

젊을 때부터 '이것도 갖고 싶고, 저것도 갖고 싶다'며 욕심을 부리는 성격이었다면 이제는 물욕을 조금씩 가라앉히려고 노력해보도록 한다.

물욕은 결국 자기 자신과의 싸움이니까.

'물건은 더 이상 사지 않아도 충분해'라고 생각하고 주위를 둘러보면 아직 쓸만하거나 도움이 될 만한 것들을 많이 발견할 수 있다.

물건을 대하는 마음가짐이 새로워지니 볼 때마다 흐뭇하다.

마치 화분의 꽃이 시들어 떨어지고 나서 다시 새싹이 나와 아름다운 꽃을 피울 때처럼.

과거를 곱씹으며 '더 좋은 만남으로 이어질 수 있었는데' '이렇게 할 걸, 저렇게 할 건' 하고 후회하는 짓도 이제 그만둔다.

지금 나의 모습은 과거에 살아온 방식의 결과다.

과거를 아무리 부정해도 지금의 나 자신이 바뀌지는 않는다.

오히려 내일의 나를 위해 현재의 나를 긍정하며 좋은 점은 발전시키고 나쁜 점은 고쳐나가는 게 낫다.

여태까지의 인생 경험은 그게 실패였든 성공이었든 앞으로 성숙한 인생을 살아가는 데에 반드시 도움이 된다.

만족을 알고, 조금의 욕심만 부린다

모든 것에 욕심을 버려야 한다고 생각하지는 않는다.

성인군자가 아닌 한 평범한 사람에겐 마지막 재 한 줌이 되기까지 조금의 욕심은 삶의 에너지가 될 수 있기 때문이다.

불교에 '소욕지족(少欲知足)'이라는 가르침이 있다. '욕심을 버리기'보다 '만족을 아는 것'이 중요하다는 뜻이다.

온갖 물건과 정보가 넘쳐나는 시대에 특히 평범한 사람이 하루하루를 살면서 '소욕'을 실천하기란 쉬운 일이 아니다.

집에서는 텔레비전이나 잡지가, 거리에선 화려한 광고와 매력적인 쇼윈도가 '이건 어떤가요? 저것도 좋아요!' 하고 우리의 눈과 귀를 달콤하게 유혹한다.

이럴 때 나는 독일식 개인주의적 절약 정신(구두쇠는 아니다)을 떠올리며 주문처럼 되뇌인다.

"광고는 안 믿어. 다 팔려고 선전하는 거잖아."

'다들 원하는 물건이니까' '다들 갖고 있으니까' '싸니까' '멋지니까'……
이런 단체행동에는 절대 가담하지 않겠다!

나는 나만의 길을 가겠어!

좋은 의미로 독일인 흉내를 내본다.

지금 내게 '필요한지, 아닌지'를 판단하여 '가질까, 포기할까'를 결정한다.

타인의 시선을 의식하지 않고, 욕심 부리지 않고, 지금 내가 갖고 있는
물건을 조금씩 손보며 몇 번 더 사용한다.

물론 내게 도움이 되는 주위 물건들이나 사람들에 대한 감사를 늘 잊지
않는다.

젊었을 때부터 여러 대상에 집착했던 것 같다.

물건이나 일, 고향이나 사람에게까지.

뜨겁게 집착하는 마음이 있었기에 여기까지 사업을 이루었고 숱한 위기를 극복해왔다고 생각한다.

괴로운 일도 슬픈 일도 힘든 일도 분한 일도 모두 있는 그대로 느끼며 이겨냈다.

젊은 시절의 집착은 건전한 희망으로 뒷받침되기에 고난을 극복하고 목적을 달성하는 방향으로 나아갈 수 있었을 것이다.

더할 나위 없는 '충실감'과 '행복감'에 도취된 적도 있다.

푸른 하늘을 향해 "나 지금 너무 행복해!" 하고 소리치고 싶은 기분이었다.

쉬기에 사흘 된 친니있기.

몸도 마음도 싱싱하고 덜 성숙했기에 짊어져야 할 무게가 고생스럽지 않았던 것 같다.

반면에 나이가 들면 최대한 몸도 마음도 가볍게 해야 편안해진다.

어떤 일에든 집착하지 않고 담담하게 살면 쓸데없는 고민이나 걱정에서 해방될 수 있다.

그렇다고는 해도 모든 걸 한번에 끊기는 어렵다. 마음이 지치고 허전해진다.

집착하는 대상을 조금씩 줄여가는 것이 가장 쉽고 편한 방법이다.

나이가 들면 이런 지혜가 저절로 생긴다.

메일로 소식을 주고받는 예순다섯 살 친구가 남편의 고향인 미국으로 이주한단다.

"고향을 그리워하는 남편의 뜨거운 마음을 존중하고 싶어"라면서.

나이가 들면 누구나 '망향의 념'에 애태우게 되는 모양이다.

"남편은 40년이나 이국땅인 일본에서 살아줬잖아."

그녀가 보낸 메일을 보니 미국인 남편에게 은혜를 갚으려는 것 같아서 '부부는 나이가 들면 어디에서든 같이 사는 게 좋지' 하고 공감을 표했다.

인생도 얼마 남지 않은 지금, 살던 아파트도 팔고 이것저것 다 처분하려니 '이 나이에 뭐하는 짓인가' 싶은 모양이지만, 나는 오히려 여태까지 품었던 집착을 버리고 인생을 리셋할 기회를 얻은 그녀가 조금 부럽기도 했다.

그렇다, 인생을 리셋하면 집착을 버릴 수 있다!

집착하는 대상이 '고향'인 사람도 많다.

보통 사람에겐 타향으로 떠날 기회가 잘 없으니 번뇌로 마음이 소란한 게 당연하다.

그녀의 미국 이주는 여태까지 인생을 살면서 집착했던 것들을 한꺼번에 버릴 기회가 되리라.

나는 "당신의 고향은 당신의 마음에 있다"라는 시인이자 자연 애호가인 작가 헤르만 헤세의 글을 인용하여 '응원 메시지'를 보냈다.

"마음 깊이 와 닿았어. 너의 메시지를 가슴에 품고 이국땅에서 열심히 살게! 흑, 흑, 흑."

그녀의 답 메일을 읽고, 고향이든 집이든 물건이든 어느 대상에 대한 집착을 버리고 새로운 첫걸음을 내딛기까지 마음고생이 꽤 심했겠다고 느꼈다. 그녀의 가혹하고도 무거운 '노년의 결단'에 오히려 내가 용기를 얻었다.

나이 듦에 대한 마음가짐

"주름이랑 기미가 늘었어."

"흰머리 생겼어, 머리숱이 적어졌어."

"허리 아파, 다리가 마음대로 안 움직여."

"동작도 사고도 느려지고, 모든 게 생각처럼 잘 안 돼."

"건망증이 심해졌어."

"눈이 잘 안 보여."

만날 때마다 "여기가 아파, 저기가 아파!" 하고 호소하는 사람이 있다.

"그래서 어쩌라고!"라는 말은 입이 찢어져도 못하겠고 그저 마음속으로만 생각한다.

'늙으면 그렇게 되는 게 당연한데.'

노인이 젊은 사람들처럼 팔팔하게 뛰어다니는 것이 가당키나 한가.

물건도 기계도 오래 사용하면 수리가 필요해지고, 결국은 폐기 처분된다.

인간도 마찬가지로, 조금씩 서서히 노화되어 흙으로 돌아갈 준비를 한다.

그래도 나이만 먹은 늙어빠진 쭈그렁이는 되고 싶지 않다.

겉모습은 백발에 주름투성이라도 인생을 살아온 만큼 타인을 배려하고, 늘 성실하게 웃는 얼굴을 유지하고, 옷차림은 단정히, 지혜롭게 생활하고 싶다.

사물에 집착하지 않고, 너무 깊이 고민하지 말고, 늘 맑은 물처럼 청아하게, 숲속의 나무들을 살며시 어루만지는 바람처럼 산뜻한 마음을 지니고 싶다.

몸과 마음의 균형을 유지하며, 늘 온화한 표정을 짓는 사람.

그렇게 나이 들어가고 싶다.

바람에
거스르지 않는다

여름철 숲에서의 오후.

나무들 사이를 지나온 상쾌한 바람이 볼을 어루만진다.

바람은 우리네 인생처럼 다양한 얼굴을 갖고 있다.

격렬한 폭풍이 나무들을 놀라게 하기도 하고, 봄날의 산들바람이 부드러운 왈츠를 연주하기도 하고.

어떠한 꽃도 나무도 바람에 거스르지 않는다.

자연이 하자는 대로 그저 바람에 흔들리며 살아간다.

바람이 부는 대로, 시키는 대로.

자세히 보면 나뭇가지들이 하늘을 향해 심호흡하며 바람이 부는 방향으로 기지개를 켜고 있다.

숲속에 들른 바람이 나무들을 어르고 달래며 성장시킨다.

강했다가, 약했다가, 무서웠다가, 다정했다가.

내 인생에 휘몰아치는 가혹한 바람도 자연스럽게 받아들이고 되도록 흐름에 거스르지 않는다.

괴로움도 슬픔도 시간이 지나면 언젠가는 누그러지게 마련이다.

가끔은 기쁨도 있다.

바람의 방향에 따라 떠돌다보면 왜 그런지 마음이 평화로워지고 온몸에 용기가 차오른다.

바람에 거스르면 마음도 나뭇가지처럼 뚝 부러질 것 같다.

'인생의 바람'을 만났을 때 거스르지 않고 몸을 맡겨보는 것도 때로는 중요하다.

바람은 말없이 우주의 생명을 키우는 최고의 스승이니까.

인생은 한 걸음씩, 한 방울씩

벤처라 불리는 회사를 만든 지 어느새 31년 가까이 지났다.

한때 급성장을 이뤘던 비즈니스들이 대부분 흔적도 없이 사라졌다.

매스컴의 총아였던 화려했던 그들은 다들 어디로 가버린 걸까?

번창하지도 않고 그렇다고 망하지도 않고 꾸준히 저공비행을 한 덕분에 지금의 내가 있고 내 일이 있는 것 같다.

괴로움도 있고, 즐거움도 있다.

비난하는 사람도 있고, 칭찬하는 사람도 있다.

때로는 시샘도 받는다.

어떤 목소리에도 미혹되지 않고, 우쭐해하지도 말고, 의기소침해지지도 않는다.

바위처럼 완강한 의지만 있다면 마음이 어수선해지는 일 없이 평안하게 살 수 있으리라.

"대출을 조금 더 받아서 사업을 확장하자."

거품 경제기엔 빚이야말로 경영자의 힘이자 능력이라고 생각했다.

나는 이런 은행의 달콤한 유혹에 흔들리지 않은 덕분에 '거품 경제기'의
대혼란에도 큰 탈 없이 버텨온 것 같다.

지금은 나도 회사도 빚이라곤 한 푼도 없다.

가계부를 적으며 마치 살림이라도 꾸리듯이 운영하는 것을 경영 철학으
로 삼은 덕분이다.

이따금 작은 모험에도 나서보지만, 분수에서 아주 조금 벗어나는 정도.

이 정도가 내 능력치에 부합된다고 믿기 때문이다.

'모험을 하되 수입의 범위 내에서 하고 싶은 것을 내 힘으로 해본다.'

이런 규칙을 정해두고 살아왔다.

그래서인지 세상의 주목을 받을 만큼 대단한 실적은 없었지만 어느 정
도의 성취감과 만족감은 얻은 것 같다.

인생이라는 그릇은 꾸준히 한 방울씩 떨어지는 물로 채워진다고 믿는다.

한 방울의 물도 미세한 먼지도 쌓이면 산이 된다.

앞으로도 남은 인생을 '꾸준히, 한 방울씩' 소중히 여기며 살아가려
한다.

사람도 자연스럽게
시들고 썩는다

어떤 생물이든 이 세상에 태어났으면 언젠가는 반드시 죽는다.

사과도 오렌지도 익으면 나무에서 떨어져 땅으로 돌아간다.

거목에도 수명이 있다. 인간도 식물도 마찬가지, 자연계의 생명에 영원이란 없다.

여명이 얼마 남지 않은 고령이 되어서도 아직 살 날이 많다고 믿는지 사소한 일에 끙끙 앓으며 "미래가 불안해서 못 살겠다"라고 한탄하는 사람이 있다.

그런 사람을 만나면 위로해주고 싶어진다. 미래의 일을 걱정할 시간에 지금까지 잘 살아온 것에 감사하고 '인생의 끝이 바로 눈앞에 다가왔다'는 생각으로 오늘 하루를 소중히 여기라고.

누구나 '하루라도 더 건강하게 오래 살고 싶다'라고 생각한다.

몸이 아파 드러누워 있으면 더욱 그런 마음이 강해진다.

앞으로 건강에 충분히 신경 쓰고 내 몸을 스스로 돌보겠지만 연명에 집착하고 싶진 않다.

있는 그대로의 내 모습을 받아들이고 자연스럽게 시들어 썩어가고 싶다.

웃고, 울고,
화내자!

어떤 생활을 영위하든 누구나 반드시 스트레스를 느낀다.

뇌가 느끼는 스트레스가 크면 신체의 면역력이 떨어진다고 한다.

또 면역력이 저하되면 병에 걸리기도 쉽다.

건강한 몸과 마음을 유지하려면 균형 잡힌 식생활은 물론이고 적당한 운동이 필요하다.

스트레스를 쌓아두지 않고 그때그때 해소하려면 어떻게 해야 할까?

아는 의사 말로는 '스트레스 해소도 면역력을 높이는 데 도움이 된다'고.

어느 의학 데이터에 의하면 희극 영화나 코미디, 만담 같은 것을 본 후 사람들의 '스트레스 지수'가 확연히 낮아졌다고 한다.

큰소리로 "아하하, 와하하" 웃다보면 아무래도 스트레스가 풀리게 마련인가보다.

그래서 나는 재미있는 일이 없더라도 운동하는 셈치고 하루에 한 번 과장스럽게 소리 내어 웃기로 했다.

재미있다고 느끼지 않아도 웃다보면 재미있어지니 신기하다. 크게 웃고 나면 왠지 후련해지고 몸도 가벼워지는 것 같다.

과장스럽게 소리 내어 울어도 스트레스가 눈물과 함께 몸 밖으로 빠져나간다고 한다.

슬플 때, 분할 때는 엉엉 실컷 운다.

때와 장소를 가릴 필요는 있겠지만.

축구나 야구 경기를 관람할 때도 "더 세게 차야지!" "지금 뭐하는 거야!" 하고 소리 지르면 속이 후련해진다.

일전에 남편이랑 축구 경기를 보러 갔다가 내가 응원하는 팀이 실점할 때마다 온몸으로 분노를 표현하며 소리쳤더니 남편이 "이제 당신이랑 같이 안 봐. 다음엔 따로따로 봐"라고 핀잔을 주었다.

소리 지르고 나니 일상에서 쌓인 스트레스가 어디로 가버렸는지 몸도 마음도 상쾌해지고 나는 좋았는데…….

나는 성미가 느긋하고 비교적 둔감한 편이다.

이런 나도 힘이니 인간관계(가족도 포함) 때문에 상대를 두들겨 패고 싶을 정도로 화가 나는 일이 있다.

이 나이가 되어도 누군가가 '분노의 씨앗'을 건드리면 '과격해지는 성격'은 고쳐지지 않는 모양이다.

그럴 때 나는 아무도 없는 방에 들어가 "이 구제불능, 바보, 멍청이!" 하고 고래고래 소리를 지른다.

내게는 최고의 스트레스 해소법이다. 그러고 나면 후련해지면서 '어쩔 수 없지, 뭐'라는 생각이 들고 마음에 상쾌한 바람이 불기 시작한다.

나를 화나게 한 상대에게도 아무 일 없었던 것처럼 웃으며 대할 수 있게 되니, 모든 게 해피엔딩!

'기합'도 면역력에 영향을 주는 모양이다.

추운 날 아침에는 반드시 "자, 파이팅!" 하고 기합을 넣는다.

이것저것 해야 할 일이 쌓여 있을 땐 더더욱 "감기 걸릴 틈이 어디 있어!" 하고 스스로 격려한다.

의학적으로도 긴장감이 면역력을 높여준다고 하니 감기 예방에도 도움이 되리라.

호불호를
없앤다

누구에게든 '호불호'는 존재한다. 음식, 장소, 사람, 물건에 대해.

어릴 때 익히지 않은 게를 먹고 배탈이 난 적이 있어 70년 이상 게를 안 먹었는데 80이 다 되어 여행지에서 게 요리를 먹고 "세상에 이렇게 맛있는 게 있었어? 이 나이가 되어서야 게 맛을 알게 됐네. 오래 살길 잘했다" 하고 기뻐하던 지인의 얼굴이 생각난다.

인간관계도 그렇다. 젊을 때는 '성격이 안 맞아'라며 50년 이상 멀리 하던 사람인데 인생의 막바지에 어쩌다 만나 '의외로 좋은 사람'이라며 의기투합하여 재혼까지 하는 경우도 봤다.

두 사람이 내 동급생이어서 더 놀랐지만.

호불호의 대상은 음식이라면 맛과 냄새, 사람이라면 성격이나 외모, 장소나 지역이라면 그 환경이나 분위기에 대한 혼자만의 착각일 수도 있다.

'괜찮다, 나쁘다' '좋다, 싫다'와 같은 감정은 그 순간 자기 자신의 판단에 의한다.

시간의 흐름과 함께 나 자신이나 상대는 물론 환경도 크게 바뀌게 마련이다.

나의 감정, 기분, 지식, 경험 등은 인생의 고락(苦樂)과 함께 얼마든지 변할 수 있다.

나이 들수록 '좋아하는 것'과 '싫어하는 것'을 나누지 않으려고 노력한다. 그러다보면 몸도 마음도 편안해지고 지금까지 보이지 않았던 것이 눈에 띄어 앞으로의 인생이 더 밝고 즐거워진다.

오로지 자기 힘으로
살아보자

지금까지 30년 이상 작은 회사를 운영해왔는데, 그동안 실패도 많았고 배운 것도 헤아릴 수 없이 많다.

친구나 지인, 가족에게 둘러싸여 있어도 인간은 누구나 고독하다.

일행과 행동을 같이 하는 동안에는 시끌벅적하고 즐겁지만.

그런 환경에만 기대다보면 내 마음을 제대로 읽지 못하고 내가 무엇을 원하는지조차 알 수 없게 된다.

혼자만의 시간을 즐길 수 있는 사람은 '자신과의 대화'가 가능하니 노후가 쓸쓸하다고 해서 그리 힘들지는 않을 것 같다.

곤란한 상황에 직면하면 타인의 의견을 참고하긴 해도 결단은 내가 내려야 한다.

모든 행동의 책임은 나 자신에게 있으므로.

마지막 순간에 의기할 수 있는 건 오로지 내 마음속에 존재한다.

다른 사람을 따라하거나 의지하는 데에는 한계가 있다. 끝내 허무하게 사라져 나에게 아무것도 남지 않았음을 알게 될 뿐이다.

고난을 두려워하지 않고 홀로 견디는 비법을 터득하면 그 순간엔 괴롭겠지만 결국은 밝은 태양이 얼굴을 내밀어줄 것이다.

어떤 일이든 혼자 힘으로 이겨냈을 때 그 경험이 인생의 귀중한 길잡이가 되리라.

고독은 최고의 인생 친구다.

인생은 만남과 이별의 연속.

나이가 들수록 이별의 슬픔이 점점 깊어지는 듯하다.

만남은 기쁘고 즐겁지만 영원한 이별은 쓸쓸하고 고통스럽다.

인생이 길지 짧을지는 아무도 모른다.

누구나 언젠가는 죽는다는 걸 머리로는 알지만 그 사실을 가슴으로 받아들이기까지는 얼마간의 시간이 필요하다.

가까운 사람을 떠나보냈을 때 언제까지고 슬퍼하며 탄식하기보다 스스로 눈물을 닦는 방법을 알아두고 싶다.

슬픔으로 몸이 망가지면 앞으로의 내 인생이 더 어두워질 테니까.

여행을 떠나거나 몸을 움직이거나 음악을 듣거나 사람들과 대화를 나누거나, 여러 방법으로 나 자신을 위로하고 포기할 건 포기하면서 마음이 편안해지는 방법을 찾아본다

시간이 모든 것을 해결해주리라는 희망을 가지고.

얼마 전 시어머니의 33주기였다.

남편의 형제와 그 배우자들이 절에 모여 스님의 독경을 들은 후 시어머니의 낡은 앨범을 들춰보며 저마다 어머니에 얽힌 추억을 꺼내놓고 웃으면서 이야기 나누는 즐거운 식사 모임. 당시에 흘렸던 슬픈 눈물이 지금은 밝고 명랑한 웃음으로 바뀌었다.

'남은 이들이 건강하고 행복하게 서로 의지하며 사는 모습이 최고의 공양'이라는 사실을 지난 오랜 세월이 가르쳐준 듯하다.

혼자 놀기는
중요한 습관

파트너나 자녀나 형제자매가 있든 없든 누구나 언젠가는 혼자가 된다.

그럴 때 너무 허전하고 쓸쓸하면 힘들어질 테니 되도록 혼자서도 즐기는 방법을 알아두려고 한다.

사람들과 모여 지내는 즐겁고 떠들썩한 시간에는 반드시 끝이 있다.

흥겨움이 클수록 '잔치가 끝난 후'의 허무감과 쓸쓸함이 마음에 차가운 바람을 일으키게 마련이다.

바람이 조금이라도 덜 쌀쌀하기를.

아무에게도 의지하지 않고 그저 홀로 조용히 지내는 시간을 가끔 일부러 만든다.

책을 읽거나, 취미에 몰두하거나, 여행을 떠나는 것도 좋다.

여행이 피로하다면 언제든 마음 편히 훌쩍 들를 수 있는 장소를 선택하여 가끔씩 혼자서 노닐어보는 건 어떨까?

나는 요즘 시간이 날 때면 근처 메이지 신궁으로 삼림욕을 하러 간다.

작은 여행을 떠나는 기분으로 배낭 안에 마실 물과 읽다 만 문고본을 넣고 도중에 테라스 카페에 들르는 즐거움까지 옵션으로 준비한다.

나의 '은신처'는 한 시간 코스, 두 시간 코스 등 되도록 다양하게 갖춰둔다.

선택할 수 있는 장소가 많으면 '오늘은 어디로 갈까?'라며 즐거운 고민을 하게 된다.

아담한 공원, 호텔 로비, 백화점 안의 찻집이나 건물 옥상, 편한 분위기의 레스토랑 등.

어디든 좋다.

마음먹고 검색하면 집에서 조금 떨어진 아늑한 장소 정도는 얼마든지 찾을 수 있다.

혼자가 되어 나 자신과 마주하고, 나를 위해 주어진 시간을 소비한다.

혼자 즐기는 시간은 나 자신에 대해 잘 아는 기회가 되기도 한다.

뇌가 자극을 받아 신체에 활력이 돌고 많이 걸으면 운동 부족도 해소된다.

마음이 새로운 힘으로 충전되면 기분도 온화해지니 타인에게도 나 자신에게도 신기하리만치 친절해진다.

나 자신을 위해 몸과 마음을 쓰고 나면 기분이 상쾌해지고 생기발랄해져서 가끔씩 나를 괴롭히던 노후에 대한 불안감도 조금은 가라앉는다.

나와 상관없는 것에 관심과 노력을 쏟으면 나 자신을 소홀히 하게 되고 그동안 귀중한 인생이 흘러가버린다.

가장 소중히 여겨야 하는 존재는 바로 나 자신인데.

짧은 인생에 정성을 쏟으며 충실하게 살기 위해서는 나 자신과 진지하게 마주하는 시간이 필요하다.

'혼자 놀기'는 나 자신과 마주하는 동안 마음이 기쁨으로 차오를 수 있게 만들어주는 소중한 습관이다.

아침에 일어나면 제일 먼저 건강한 몸을 느끼고 마음속으로 "고마워"라고 말하며 하늘을 향해 크게 기지개를 켠다.

젊을 때와 달리 나이를 먹으면 몸이 생각처럼 움직이지 않는 경우가 많아진다.

계단에서 다리를 올렸는데 생각했던 높이의 반밖에 올라가지 않아 넘어질 뻔한 적도 있다.

여태까지는 쓱싹 해치웠던 일인데 이제는 예전에 비해 훨씬 더 시간이 걸린다는 걸 알아차리고 기가 막혔던 적도 있다.

하지만 비록 완벽하진 않더라도 오늘 건강하다는 사실을 고마운 마음으로 순수하게 기뻐하려고 한다.

이 정도로 만족하기로 한다.

태양도 달도 지구도 자연의 섭리에 따라 움직이듯이.

나도 지금의 나 자신을 있는 그대로 받아들이고 감사하며 살기로 한다.

물론 주위 사람들에게도 소리 내어 "고맙습니다"를 연발한다.

감사의 마음을 담아 회사 직원들에게, 지인에게, 단골가게 점원에게, 편의점 직원이나 택배 기사님에게, 평소에 도움을 주는 모든 이에게.

고마움을 잊기 쉬운 가족에게도……. 쑥스러워서 마음속 생각을 선뜻 표현하지 못할 때도 많지만.

나는 누구에게든 고마운 마음을 소리 내어 전달하는 게 중요하다고 늘 강조한다.

독일이나 영국에선 도움을 주는 이도 받는 이도 진심을 담아 인사한다. "당케 쉰!" "생큐."

언제 어디서나 "고맙습니다"는 습관처럼 하고 싶은 말이다.

분노는 심호흡으로
가라앉는다

정도의 차는 있지만 인간이라면 누구나 분노를 느끼게 마련.

그런 속성이 곧 인간이라는 증거인지도 모르지만, 타인을 향한 분노는 겉으로 표출하는 순간 자기 자신에게로 되돌아온다는 사실을 알아야 한다.

마치 강풍이 불어오는 방향으로 쓰레기를 던졌을 때처럼 분노는 내 몸과 마음을 향해 되돌아온다.

타인에게 화가 난다면 우선 하늘을 향해 크게 심호흡을 한다.

폭발할 것 같은 분노나 짜증으로 어찌할 바를 모르겠다면 숨을 크게 들이마시고 조금씩 호흡을 가다듬어본다.

그러면 온몸이 새로운 에너지로 충만해지고 긍정적인 기운이 서서히 샘솟는다.

분노와 짜증으로 탁해진 연못에 새로운 공기가 유입되면서 마음이 점점 맑아지는 것이다.

분노로 마음이 더러워지면 호흡도 맥박도 빨라진다고 한다.

그럴 때 요가를 하는 것처럼 뱃속의 숨을 길게 내뱉고 공기를 온몸으로 크게 들이마시며 거칠어진 호흡을 가다듬는다.

이 과정을 반복하면 어느새 분노가 멀리 달아나고 마음이 샘물처럼 맑은 상태가 되면서 '그럴 수도 있지 뭐'라고 이해하게 된다.

타인에 대한 분노는 입 밖으로 표출하는 순간 '그렇게까지 말할 필요 없었는데' 하고 반드시 후회하게 되고, 마음을 어둡고 침울하게 만든다.

내 마음의 평안을 위해서라도 화가 나면 일단 심호흡.

그래도 분노나 짜증이 가라앉지 않는다면 시간을 두고 넌지시 말이나 행동으로 표현하는 방법을 생각해본다.

시간을 들이면 '순간온수기'처럼 왈칵 화를 내지 않게 된다. 나중에는 시간이 '분노가 커지지 않는 방법'을 가르쳐줄 것이다.

불교의 가르침에도 '분노를 계속 쌓아두면 남을 미워하는 마음으로 자라 결국은 붉은을 초내인티'고 치기 않았더가?

가끔은
조용히 지낸다

'마음이 무겁고 피곤하다'고 느끼면 조용히 지내기로 한다.

그저 멍하니 마음을 텅 비우고 아무 생각도 하지 않는다.

휴대폰 전원도 끄고, 좋아하는 음악도 멀리하고, 고요의 세계에 몸을 담근다.

마음도 언어도 행동도 없는 세계.

소란스러운 세상에서 멀어져 나만의 침묵의 세계에 젖어본다.

시간이 조용히 흐름에 따라, 괴로운 일, 고민, 근심, 걱정 따위가 서서히 내게서 멀어진다.

여유가 있으면 근처 요요기 공원이나 메이지 신궁까지 산책 겸 나가본다.

아무도 없는 울창한 나무들 사이에 서 있는 동안, 이따금 들리는 새들의 울음소리가 침묵을 깨곤 한다.

감미로운 새소리를 배경음악 삼아, 끝이 보이지 않는 거목 앞에 한동안 우두커니 서 있어본다.

내 인생보다 더 모진 세월을 견디며 살아온 수많은 거목들.

그 거목들에게 눈에 보이지 않는 생명의 에너지를 받았는지 기운이 되살아나는 듯하다.

위대한 자연의 향기를 온몸으로 느끼니 무거웠던 마음이 한결 상쾌해진다. 신비로운 나무의 힘.

금지된 울타리 안으로 들어가 큰 나무를 양팔로 안고 가만히 서 있는 여성의 모습이 보인다.

다 품을 수 없는 무거운 짐을 나무한테 내려놓고 위로받고 싶은 것이리라.

나는 말을 걸려다 포기했다.

눈을 감고 나무에게 몸을 맡긴 채 가만히 서 있는 그녀의 모습이 마치 나무에게서 태어난 아기처럼 보였다.

어쩌면 고요 속의 편안한 시간이야말로 고민이나 고통을 완화해주는 데에 효과가 탁월한 최고의 안식처일지도 모른다

타인과
비교하지 않는 습관

항상 타인과 비교하면서 "나는 왜 이렇게 운이 없지?" "돈 많은 사람이 부러워"라고 한탄만 하고 있으면 인생이 더 어둡고 슬퍼지지 않겠는가?

매사에 타인과 자신을 비교하며 '이겼다, 졌다'로 일희일비하면 마음이 늘 어수선하여 평안한 인생을 살 수 없다.

생활도 일도 인생도 이기고 지는 '게임'이 아니다.

그렇기는 해도 정도의 차이는 있을지언정 인간이라면 누구나 타인의 상태에 신경이 쓰이게 마련.

시간이 남아돌면 불필요한 생각에 빠지고 타인에 대해 쓸데없이 신경 쓰게 된다.

청소 서비스 회사를 창업하고 얼마 지나지 않았을 무렵, 모르는 여성에게 "왜 당신 회사만 매스컴에 오르내리나요? 나도 똑같은 청소 회사를 운영하는데 아무도 관심을 가져주지 않아요"라고 전화가 걸려온 적이 있다.

그 여성의 질문에 굳이 대답하자면, 커리어우먼으로 잘나가던 대기업 직장을 버리고 3D(Dirty, Danger, Difficult) 직종인 청소 비즈니스를 시작했다는 것 때문에 언론의 관심을 모았다고 생각한다.

그 무렵 나는 장래가 불투명한 청소라는 미개척 사업을 어떻게든 궤도에 올리려고 몸이 가루가 되도록 일했다.

지금은 널리 알려지고 이용하는 사람도 많아졌지만 30년 전에는 본보기가 될 만한 선배가 없었으니 새로운 길을 개척해가며 조심조심 나아갈 수밖에 없었다.

타인에 대해 신경 쓸 시간도 기력도 없었다.

매스컴의 총아가 되고 싶다는 생각도 없었다. 그저 '청소 사업을 성공시켜야 한다'라는 열정만 가득했다.

"언론의 관심을 받는 방법을 가르쳐줘요!"라며 모르는 사람에게라도 매달리고 싶은 그 여성의 기분을 이해 못하는 건 아니었지만, 전화를 할 만한 시간이 있으면 스스로 생각하라고 조언해주고 싶었다.

백 명이 있으면 백 가지의 사고방식과 생활방식, 그리고 백 가지의 삶이 있다.

스스로 원하여 시작한 사업이니 나다운 방식으로 해나가야 고생스럽긴 해도 잘 되면 기쁨이 배로 커진다.

해답은 타인에게 구할 것이 아니라 자기 안에서 찾아야 한다.

'나는 무엇을 하고 싶은가? 어떻게 생각하는가?'라는 질문을 늘 스스로에게 던져야 한다. 그런 습관이 회사 경영은 물론 평소 생활에서도 '나다움'을 발견할 수 있는 계기가 되어줄 것이다.

타인과 비교하지 않고 늘 나다움을 추구하는 태도야말로 우리가 가질수 있는 인생의 최대 무기이며 자신감의 원천이라는 생각이 든다.

성공의 그늘에는 '고생'이 있다

보통 사람이라면 누구나 한번쯤은 성공하여 명성을 얻거나 부자가 되고 싶은 마음이 생기게 마련이다.

미국의 인기 작가 말콤 글래드웰은 저서에서 '성공하려면 재능뿐 아니라 1만 시간 이상의 노력이 필요하다'라고 말했다.

분명 보통 이상의 노력을 하지 않으면 아무리 훌륭한 재능이나 환경으로도 성공하기 어렵다.

알고 지내는 어느 노부인은 "다시 태어나면 부자랑 결혼할 거야" 하고 입버릇처럼 말한다.

평범한 회사원이었던 남편을 앞에 두고 그렇게 말하는 걸 듣고 있으면, '부자는 다 마음 편한 줄 아세요?' 하고 핀잔을 주고 싶어진다.

나는 돈이 넘치도록 많았던 적이 없었으므로 '아마 그 돈을 지키는 고생 도 반드시 있을 거야'라고 짐작해 볼 뿐이다,

미국 대통령으로 취임한 트럼프 씨에겐 '셀 수 없을 정도의 자산'이 있다고 하지만, 세 번의 결혼을 경험하는 등 사생활 면에서는 누구보다 파란만장했다.

수천 억 이상을 벌어들이려면 공적으로나 사적으로나 희생이 필요할 테고, 먹고 자는 것도 잊고 분초를 아껴가며 일할 만한 체력과 기력도 필수다.

운을 끌어들이는 센스와 용모, 타인을 설득하는 기술도 갖춰야 한다.

보통의 노력으로는 절대 억만장자가 될 수 없다. 미지근한 물에 안주하면 어떤 세계에서도 화려한 성공을 거머쥐기 어려울 것이다.

성공한 사람의 보이지 않는 노력이나 고생은 모르고 그들이 돈과 명예를 쉽게 손에 넣었다고 생각한다면 큰 오산이다.

사람은 제각각이다. 보통 사람인 나는 '1만 시간 이상의 노력은 무리이니 분수에 맞게 10분의 1 정도의 노력은 해보자'라고 마음먹었다.

억만장자나 노벨상은 나와 상관이 없으므로 무리하지 않기로 하고, 나름대로 충실한 인생을 분수에 맞게 살아보려 한다.

물건은 남아돌아도 곤란하고 전혀 없어도 곤란하다.

타인에 대한 원한이나 증오는 미련 없이 버리는 게 상책이지만, 물건은 필요 없다고 다 버리기보다 마음에 드는 것으로 어느 정도 간직하고 있으면 인생이 풍요로워지기도 한다.

처치 곤란한 물건은 '모조리 버리라!'고 조언하는 책을 읽고 다 처분했는데 마음이 가벼워지기는커녕 오히려 쓸쓸하고 우울해졌다는 사람도 있다.

버릴 물건은 마음을 정리하면서 조금씩 처분하는 것이 이상적이고 부담스럽지 않다.

내게 추억이 되는 것, 소중했던 물건은 한꺼번에 버리지 말고 하나씩 시 신을 더어 께어나는 뛰이 피읍이 평안을 위해서도 좋다.

슬픔이나 괴로움이 시간의 흐름에 따라 천천히 옅어지듯이······.

매일 하나씩 물건을 줄이면 한 달에 30개, 1년에 365개를 처분할 수 있다. 한 방울씩 모아 병에 물이 가득해지고 한 걸음씩 걸어서 언젠가는 목적지에 도착하듯이 하나씩 '빼기'를 해가다보면 어느새 물건이 적어지고 마음도 부담 없이 가벼워진다.

여분으로 사지 않으려는 노력까지 기울이면 지금 주변에 있는 물건을 알뜰하게 이용하는 지혜도 생긴다.

타인을 향한 미움이나 원망을 품고 사는 인생은 무겁고 어둡다.

평안해지고 싶다면 '케 세라 세라(que sera, sera)'의 마음가짐으로 모두 깨끗이 잊어버리려고 노력한다.

부정적인 감정은 모조리 버리는 편이 낫다.

물건과 달리 나쁜 기억은 깨끗이 버리고 가뿐해진 사람은 있지만 버린 걸 후회하고 고민하는 사람은 없다.

원망이나 증오가 있으면 마음이 무겁고 괴롭다.

마음이 가볍지 않으면 나를 설레게 만들 새로운 것이 들어올 공간이 없다.

어두운 과거를 질질 끌고 있으면 미래를 향해 가벼운 발걸음으로 나아갈 수 없으니까.

물건을 버릴 때는 조금씩, 타인에 대한 원한은 단번에 없애도록 한다.

'쓸데없이 방치된 물건 없이 마음에 드는 물건으로만 둘러싸인 생활'과 '원한이라곤 조금도 없는 담백한 마음'이 앞으로의 인생을 밝고 가볍게 만들어줄 것이다.

언제든 여행 가방 하나에 전 재산을 넣고 홀가분하게 떠날 수 있었던 '방랑자 토라상(일본 영화 〈남자는 괴로워(男はつらいよ)〉의 주인공. 주연 배우였던 아츠미 키요시의 사망으로 시리즈가 끝나면서 영화사의 경영이 급격히 악화되었을 정도로 인기가 대단했다 - 옮긴이)의 인생'이 부럽지 않은가?

책은 가볍고
재미있는 내용이 좋다

60대에 들어선 후로 젊었을 적 감동했던 소설에 대한 열의가 식었다.

그만큼 눈물을 흘리며 감동했던 불후의 명작인데 지금 읽으면 왜 그런지 어둡게만 느껴지고 마음이 무거워진다.

헤세의 《수레바퀴 아래서》나 스탕달의 《적과 흑》, 소세키의 《한눈팔기》 《마음》 등등. 열거하자면 끝이 없을 정도.

누구나 "좋네" 하고 평가하는 명작에 대해 논할 수 있을 만큼 잘나지는 않았지만, 나도 인생 경험과 나이만큼은 그리 적지 않다.

위대한 작가가 명작을 썼을 그 당시의 연령을 훌쩍 뛰어넘은 것도 사실.

연륜이 쌓이고 인생 경험이 풍부해져서 젊은 날의 번민이나 연애스토리의 결말, 등장인물의 마음의 움직임이나 갈등이 뻔히 보이기 때문일까?

아니면 인간의 행위 속에 감춰진 의도, 추악한 모습을 질리도록 경험해 왔기 때문일까?

'왜 저렇게 괴로워해야 할까?' '이렇게 하는 방법도 있잖아.' '이 정도로 순정적일 수 있단 말이야?'

밤을 새워가며 탐독했던 젊은 내 모습을 추억하면서도 한편으로는 소설을 읽으며 '현실적으로 있을 수 없는 일이야' 하고 못마땅해 한다.

'요즘 같은 시대에 이런 사고방식이나 태도가 통할 리 있겠어?' 하고 시비도 걸어본다.

젊은이는 '어떻게 살 것인가?'를 고민하고, 늙은이는 '어떻게 죽을 것인가?'를 고민한다.

과거에 감동했던 명작을 나이 들어 다시 읽어보았지만 노련해진 마음에는 어떠한 울림도 없었다.

그러나 고뇌하는 순수한 젊은이들이라면 되도록 명작을 많이 읽고 '어떻게 살 것인가?'를 고민하며 정신적으로 풍요롭게 살아가는 방법을 터득하기 위해 마음을 연마해야 한다.

나는 요즘 해외의 서스펜스물이 재미있다. 멋쟁이 주인공이 뉴욕의 스타벅스에서 카페라테를 주문하고 아르마니 재킷이나 자라(ZARA)의 티셔츠를 걸친 모습을 보면 왠지 도쿄의 어느 거리 같은 느낌이 들어서 내가 지금 현재 시대의 드라마 속에 있는 것만 같아 가슴이 두근두근 설렌다.

소설과 달리 시나 음악은 지금도 감동에 젖는다.

이시카와 다쿠보쿠의 '고즈카타 성터의 풀밭에 누워 하늘로 빨려들었던 열다섯 살 마음'.

다쿠보쿠 시인이 어떤 사람인지는 모르지만, 이 시를 읽을 때마다 첫사랑 상대인 동급생을 생각하며 고향의 드넓은 성터에 드러누워 애틋한 마음을 남몰래 드러냈던 그때 그 시절이 떠오른다.

지금도 그 무렵의 정경이 떠오르면 '노파'의 늙은 가슴이 시큰거린다.

마음에 들어 자주 읊조렸던 시와 그때 마음에 새겨진 무늬가 겹쳐져 각인된 탓일까? 젊은 시절의 순수하고 싱그러운 마음이 미화되어 추억으로 되살아나기 때문일까?

최근에 노벨 문학상을 수상한 밥 딜런의 〈Blowin' in the Wind〉가 텔레비전이나 라디오에서 종종 흘러나오는데, 이 곡을 들을 때마다 먼 옛날 학창시절의 학교 축제를 그리운 마음으로 떠올린다. 당시에는 이 곡을 반전가(反戰歌)로 자주 불렀다.

현재 좋아하는 음악은 모차르트와 재즈.

조용한 유럽풍 재즈를 듣고 있으면 마음이 차분해진다.

모차르트 CD를 틀어놓고 글을 쓰면 집중도 잘 되고 음식도 더 맛있게 느껴진다.

아이가 읽고 재미있어할 만한 동화는 나이 든 어른이 읽어도 재미있다.

독일 아이들이 읽는 옛날이야기에는 생활양식이나 역사, 문화가 담겨 있어, 노인들도 읽고 고개를 끄덕일 정도다. 동화를 통해 흥미로운 지식도 습득한다.

예를 들어 일본에서는 달에 '토끼'가 있다고 하지만, 독일 민화 중에는 신의 노여움을 산 '남자'가 달에 갇혀 있다는 내용이 있다.

전혀 낭만적이진 않지만 독일 민화답게 그럴듯한 이야기라고 납득했다.

나이가 들면 마음이 아이 같아져서 단순하고 밝은 것만 찾게 된다.

요즘은 밝은 분위기에 두근두근 설레게 하는 소설이 읽은 후 개운하고 기분이 좋다.

그런 소설 속에서 새로운 지식을 조금이라도 얻을 수 있다면 더할 나위 없으리라.

스스로 연마하고
진화한다

그럴 마음이 없는 타인을 연마하기는 어려우나 자기 자신은 스스로 갈고닦을 수 있다.

다이아몬드 원석처럼 어떻게 연마하느냐에 따라 훌륭한 빛을 발하는 보석이 되기도 한다.

나이가 몇 살이든 자기 발견을 하며 끊임없이 성장하고 전진할 수 있다. 연령에 구애받지 않고 계속 노력하면 언제까지나 빛날 수 있으리라 믿는다.

몇 년 전 군은 결심을 하고 헬스클럽에 다니기 시작했다.

예전에도 헬스클럽에 가입은 했지만 며칠 다니다가 마는 '유령회원'이었다. 바쁜 일, 날씨, 컨디션 따위가 매일매일 쉬어야 할 이유가 되어주었다.

늘 핑계거리를 생각해내어 게으른 습관을 정당화했던 것 같다.

'이제 내 몸은 내가 관리한다.'

눈이 내리거나 폭풍우가 치는 날은 아무래도 포기해야 했지만, 비가 와도 바람이 불어도 주3회는 반드시 나가기로 나 자신과 약속했다.

금세 체중이 몇 킬로 빠지더니 그만큼 근육이 붙어 군살이 사라지고 감기도 잘 걸리지 않게 되었다.

단골로 다니는 물리치료실 선생에게 "여자 치고는 근육이 많은 편이에요"라는 말도 듣고, 먹고 싶은 만큼 먹어도 원래 체중으로 돌아오는 요요현상도 나타나지 않았다.

근육은 몇 살이든 단련하는 만큼 발달하니 신체를 건강하게 유지하기 위한 토대가 된다. 요즘은 혼자서 거동도 못하는 노인이 될까봐 두려운 마음에 더 열심히 건강을 챙기고 있다.

하늘도 바다도
두근두근 설렌다

하루에 한 번은 반드시 하늘을 올려다보며 양팔을 벌리고 심호흡을
한다.

구름 한 점 없이 맑은 날, 하늘이 두꺼운 구름으로 뒤덮인 잔뜩 흐린 날,
폭풍우가 치거나 눈이 오는 날에도.

이 나이가 되어도 하늘을 좋아하는 마음은 왜 그런지 변하지 않는다.

끝없이 펼쳐진 하늘을 온몸으로 받아들이면 일이나 인간관계에서 받은
스트레스와 고민이 어느새 옅어진다.

마음이 지쳐서 힘이 나지 않을 때는 하늘을 올려다보며 내게 기쁨을 주
는 것이 무엇인지를 떠올려본다.

단순히 '뭘 할 때 즐거운가? 뭘 하면 기쁜가?'를 마음에게 물어보는 것
이다.

숲속의 별장에 오랜 소원이었던 천체망원경을 설치했다.

자랑할 만큼 좋은 물건은 아니지만 은하수 정도는 관측이 가능하다.

여름 밤하늘을 올려다보면 장대한 우주 공간이 머리 위로 펼쳐져 손을 뻗으면 닿을 것만 같은 착각에 빠진다.

마치 별빛으로 샤워하는 느낌.

'지금 내 눈에 보이는 별빛은 수만 광년의 여행 끝에 지구에 도달한 것이다'라고 상상만 해도 마음이 활짝 열리면서 온몸이 자유로워지는 듯하다. 끝없는 우주 속의 작은 지구 한구석에서 전전긍긍하는 내 모습이 먼지 한 톨보다 하찮게 느껴진다.

도시의 하늘을 올려다보거나 숲에서 밤하늘의 별을 관측할 때마다 하루하루 바쁜 생활에 매였던 마음이 두근두근 흥분으로 차오른다.

요즘은 하늘에 더해 바다까지 관찰하게 되었다.

작업실로 쓰는 해변의 자그마한 방에 쌍안경을 두고 눈앞에 펼쳐진 태평양의 아득히 먼 수평선 위에 떠 있는 배를 바라보곤 한다.

파도 소리를 들으며 쌍안경으로 먼 곳을 바라보는 시간.

독서나 집필로 피로해진 머리를 쉬게 하고 싶을 때 나는 이런 방법으로 기분전환을 한다.

'시 에끄 년이랑 유주서으 어디로 가는 걸까?'

'어떤 사람이 타고 있고, 어떤 물건을 실었을까?'

끝없이 이어지는 망망대해를 바라보며 미지의 세계에 대해 상상의 나래를 펼치다보면 마치 나 자신이 배를 타고 여행 중인 것처럼 갑갑했던 마음도 어느새 부드럽게 풀린다.

7배율의 쌍안경을 사용 중인데 좀 더 배율이 높은 것으로 바꾸고 싶어 일전에 문의했다가, 젊은 남자 점원이 "고객님한텐 너무 무거워서 어깨가 아플 거예요. 지금 가지고 계시는 것으로 충분합니다"라고 말려서 다시 현실로 돌아왔다.

그렇다, 나이 든 여자는 몸에 무리가 가지 않는 범위 내에서만 마음껏 놀아야 한다.

하늘이나 바다처럼 몸과 마음을 건강하게 만들어주는 나만의 '매개체'를 앞으로도 계속 늘려가고 싶다.

말의 힘을
얕보지 않는다

옛날부터 마음에 품어왔던 꿈은 늘 말로 표현해왔다.

구체적으로 "이렇게 되고 싶어" "이걸 하고 싶어"라고.

꿈을 입 밖으로 표현하면 실현될 확률이 훨씬 높아지는 것 같다.

나 자신에게 암시를 걸어 그 꿈을 향해 노력하게 만들기 때문인지도 모른다.

물론 이루어지지 않은 꿈도 있지만 나름대로 노력했기에 납득할 수 있다.

꿈은 건설적이고 밝은 것이 좋다.

긍정적인 마음을 가질 수 있으니까.

어떤 일을 하기 싫으면 무심결에 "재미없어"라고 중얼거리게 되는데, 부정적인 말은 되도록 내뱉지 않는 편이 좋다.

제1장 지금 이대로도 괜찮아요

마음속 생각을 입 밖으로 표현해버리면 그 감정이 증폭되어 재미없음이 배가 된다.

차라리 마음과 반대로 "아아, 재미있다!"라고 말해본다.

말하는 것만으로 조금은 재미있어진다.

아침에 일하러 가기 싫거나 회의가 내키지 않을 때 큰소리로 "재미있겠다!" 하고 외쳐본다.

말로 내뱉으면 마음은 아니더라도 몸이 가고 싶어진다.

지금 생각하면 나는 여태까지 꿈을 늘 말로 표현해왔던 것 같다. 되돌아보니 젊은 혈기로 날뛴 것 같아 부끄럽기도 하지만 말로 표현할수록 꿈이 실현될 가능성이 높아지는 것만큼은 확실하다.

어떤 모임이 끝난 후 와인이나 차를 마시며 잡담을 나누던 때의 일이다.

A씨의 친정이 대하드라마에 나오는 ○○일가의 몇 대손일 정도로 유명한 집안인데, 그 사실을 A 본인의 입으로 말하니 옆에 앉아 있던 B씨가 이렇게 버럭 소리를 지르는 것이다.

"그게 뭐라고!"

그냥 가볍게 흘려듣고 "그렇구나" "훌륭하네" 하고 대충 대꾸하면 될 것을.

젊었을 때 저널리스트로 활동했던 B 노인이 술 힘을 빌려 "그게 뭐라고!"를 내뱉었을 때 속으로 '점잖지 못하네' 하고 혀를 찼지만, 시간이 지나고 나니 '그 멘트 참 좋군' 하는 생각이 드는 것이다. A씨에겐 미안하지만 그 상황이 우습고 재미있어 마음속으로 '깔깔' 웃고 말았다.

앞날이 창창한 젊은이들한테 왕년의 무용담을 들려주거나 자기 별장과

외제차를 보여주며 "자네들도 열심히 노력해" 하고 격려하는 것이라면 어떤 면에서는 도움이 될지도 모른다.

그와 달리 은퇴하고 연금으로 생활하는 노인들의 모임에서 자기 집안이나 재산을 자랑하는 건 대체 무슨 의도인가 싶다. 모임의 성격에 따라서는 흥이 깨질 수도 있다.

듣는 사람이 자신의 열악했던 환경이나 출생을 한탄하며 나를 부러워해주길 바라는 건가?

현재 연금 외의 수입이 어느 정도인지는 안 봐도 뻔한데.

어느 정도 나이를 먹으면 현실을 있는 그대로 받아들이는 '현실 긍정'의 각오가 필요하다.

나도 그렇게 말은 하지만 수행이 부족한 탓에 공연히 화가 나기도 하고 꽁하니 마음에 담아두는 경우도 많다. 그럴 때 나 자신이 한심해진다.

"그래, B씨한테 배운 말이 있지!"

깨끗이 잊게 해주는 최고의 결정적 멘트.

단호하게 "그게 뭐라고! 별거 아니잖아" 하고 외친다.

얼마 전에 나의 소중한 유리 꽃병이 손에서 주르르 미끄러져 떨어지는 바람에 산산조각 난 적이 있다. 기분이 우울해질만한 대사건이었다.

독일에서 저렴하게 구입한 것이긴 해도 오래 써서 꽤 정이 든 꽃병이었다.

접착제로 붙이려 했지만 원형이 남아 있지 않아 도저히 불가능했다.

"왜 두 손으로 야무지게 잡지 않았을까? 멍청이! 바보! 덜렁이!"

스스로 온갖 욕을 퍼부어도 이미 엎어진 물, 어쩔 도리가 없다.

"아아" 하고 절망했다가, 다음 순간 "그게 뭐라고!"를 외쳐보았다.

그랬더니, 어머나, 신기해라. 심란했던 기분이 조금 차분해지는 것이다. 한 번 더 "그게 뭐 그렇게 중요하다고!" 하고 크게 내지르자 마음이 완전히 가벼워졌다.

게다가 '물건이 하나 줄었잖아?' 하고 납득.

어쩔 수 없는 일에 대해 이리저리 고민하고 괴로워하느니 현실을 있는 그대로 받아들이는 편이 현명하고 스트레스도 쌓이지 않는다.

술기운에 친구에게 면박을 준 B씨는 술이 깬 후에 '내가 분위기를 망쳤구나' 하고 후회할지도 모른다.

후회했다가 또 "그게 뭐라고!" 하며 떨쳐버리겠지.

나이 들수록 평안함과 해방감을 얻기 위해 현실을 순순히 받아들이고 내버려지는 기세도 필요하다

골프에서
배운다

골프 경력이 길긴 하지만 아무리 좋게 봐도 잘한다고 말할 수 없는 실력이다.

점수는 신경 쓰지 않고 주위에 폐를 끼치지 않을 정도로만 즐겁게 라운드할 수 있다면 그걸로 되었다고 생각한다. 그래서 실력이 늘지 않는지도 모르지만.

처음 골프채를 쥔 건 영국에 살던 때였다.

어느 노부인이 몇 개의 아이언을 챙겨 들고 혼자 유유자적하게 도는 모습에 동경심을 품었었다.

자세히 보니 공을 칠 때 망설이는 기색이라곤 전혀 없이 느긋하게 바람의 방향을 확인한 후 정확하게 골프채를 휘둘렀다.

주위를 둘러보고 관찰하면서 유유히 자연스럽게 코스를 걸었다.

벙커를 능숙하게 피하여 치기 편한 방향으로 공을 이동시켰다.

노부인에게 이 골프장은 지금까지 걸어왔고 앞으로도 걸어갈 인생 무대인지도 모른다.

풍부한 경험을 쌓았다 해도 언제든 미스 샷은 일어날 수 있다.

두려워하지 않고 기죽지 않고 여태까지 쌓은 경험을 어떻게 활용할지 생각하며 신중히 인내심을 갖고 플레이에 임한다.

기회는 반드시 찾아온다. 그렇게 믿고 스스로 격려하며.

골프가 서툴러 짜증날 때, 하루 생활이 생각처럼 풀리지 않을 때, 영국의 골프장에서 만난 그 노부인을 떠올리곤 한다.

경험을 활용하며 인내심을 갖고 기회를 기다리는 그 모습을.

분노는
와인처럼 삭인다

횟수는 줄었지만 발끈 화내는 일이 이 나이에도 가끔 생긴다.

옛날과 다른 점은 바로 면전에서 화내지는 않는다는 것.

조금 시간을 두면 나도 상대도 냉정해진다는 걸 배웠기 때문일까?

시간이 지나 되돌아보면 화를 낸 이유의 대부분은 '별 것 아닌 것'이었다.

지금 당장 분노를 터뜨리고 싶어도, 나중에 이야기할 기회는 얼마든지 있다.

화난 이유조차 생각나지 않고, 사건이 감정을 초월한 세계에 묻히는 경우도 많다.

'그때 화내지 않길 잘했다'라는 생각마저 든다.

서로가 냉정해지면 '이 분노의 원인은 무엇인가?' '누가 나쁜가?' 하고 반성할 마음이 생긴다. 어떤 사안이든 상대도 나도 생각할 시간이 필요하다.

밤에 심각한 내용의 메일을 적었을 경우에는 바로 보내지 말고 하룻밤 지나 다음 날 아침에 다시 한 번 읽어보도록 한다. 밤에 피곤한 머리로 적은 문장이라 오탈자가 많을 수도 있지만, 그보다는 '이런 글을 적었다니' 하고 마음이 바뀔 수 있기 때문이다.

바로 그 자리에서 터뜨리는 분노에는 가시가 있거나 감정적인 폭언이 포함되는 경우가 종종 있지만, 시간을 두면 냉정해진 만큼 표현이 완화되고 말씨도 신중해지고 목소리도 부드러워진다.

내용은 같아도 상대에게 전달되는 느낌은 전혀 다르다. 나중에 '말하지 말걸 그랬다'라고 후회하며 스트레스 받을 일도 없다.

늘 "고마워요"를
습관처럼

어떤 일에든 감사하는 마음을 갖고 싶다.

'이렇게 훌륭한 것을……' 하고 감격했을 때는 저절로 "고마워요"라는 말이 나온다.

중요한 것은 아무리 사소한 일에도 "고마워요"를 입버릇처럼 말할 수 있다는 것.

"고마워요"라는 말을 듣고 벌컥 화를 내는 사람은 여태까지 본 적이 없다.

맛있는 음식을 먹었을 때, 타인에게 선물을 받았을 때, 호텔에서 문을 열어주는 도어맨에게, 쓰레기를 수거해가는 아저씨에게, "고맙습니다" 하고 기쁜 얼굴로 인사한다.

이렇듯 모든 사람과 물건에 대해 감사하는 마음을 잊지 않으려 한다.

세금을 내니까, 팁을 듬뿍 줬으니까, 대금을 지불했으니까, 당연한 권리가 있는 것처럼 행동하지 말기로 한다. 다른 사람들에게 이른바 '갑질' 따위 하지 않는다.

"고마워요"라고 말하면 기분이 상쾌해진다.

상대도 '뭔가 더 해주고 싶다'는 마음이 생기고 자기가 하는 일이나 행동에 자부심과 자신감을 가지게 된다.

'사람 인(人)'이라는 한자 모양처럼 인간은 서로 기대고 도우며 살아가는 존재다.

고령자에게 자리를 양보하면 순수하게 "고마워요" 하고 인사하는 사람이 있는 반면에 당연하다는 듯 않는 사람도 있다.

그런 사람을 만나면 '서로 도우며 사는 세상에 대해 이해하고는 있을까?'라는 생각에 우울해진다.

서로 도우며 사는 정신으로 "고마워요" 하고 감사를 표하면 자리를 양보한 젊은이도 양보 받은 노인도 함께 기뻐할 수 있지 않을까?

젊은이는 노인을 돕는 것을 의무라고 생각하지 말고, 노인은 젊은이의 손을 빌리는 걸 당연하게 생각하지 않는다.

소님의 기쁨은 서로의 도움 덕분이지 의무나 권리 때문이 아니다.

나이가 들수록 이런 겸허한 마음으로 지금의 환경에 기뻐하며 감사하고 싶다.

신체 건강에 항상 유의하고 있다.

몇 살이 되어도 건강하고 활기차게 살고 싶다.

몸 상태가 좋으면 잠도 잘 자고 깨어 있을 땐 활력이 넘쳐 어떤 일에든 적극적으로 도전하고 싶어진다.

표정이 늘 밝고 작은 일에 안달하지 않게 된다.

그렇게 바라고는 있지만, 살다보면 햇빛이 비치는 날도 있고 흐린 날도 있고, 괴로운 일, 슬픈 일, 고통스러운 일이 한꺼번에 덮칠 때도 있다.

몸은 건강하지만 마음이 아플 수도 있다.

물론 기쁜 일, 즐거운 일도 많다.

행복감으로 충만해지는 순간도 있다.

인생의 마지막 날에 "무엇이 제일 좋았니?"라고 물으면 '괴로운 일이나 슬픈 일을 당했을 때 우울한 마음에 휘둘리지 않고 나 자신을 격려하며 지금 하는 일에 집중하여 스스로 극복해낸 것'이라고 말할 수 있었으면 한다.

물론 주위 사람들의 성심어린 도움도 언급하지 않을 수 없다.

회사를 만든 후로 몇 년간 매일 밤 아무도 없는 작은 사무실에서 홀로 열심히 계산기를 두드렸다. 지금이라면 스마트폰에 있는 계산기를 두드렸겠지만.

암산으로도 가능한 그 날의 소소한 매출을 몇 번이나 몇 번이나 확인하며…….

어떻게 될지 모르는 앞이 보이지 않는 작은 사업. 불안감으로 가슴이 짓눌릴 것 같았다.

그때 나는 계산기 두드리는 일에 몰두함으로써 괴로움을 잠시나마 잊고 어떻게든 극복하겠다는 용기를 얻었다.

내가 마음에 항상 품어왔던 책 속 한 구절이 있다. '외부로 나타나는 행위가 도리에 벗어나지 않는다면 내면의 깨달음은 반드시 이루어진다.' 요시다 겐코 법사의 《도연초》에 나온다.

'아무리 괴롭고 힘들더라도 고통스러운 마음은 일단 방치하고 오로지 열심히 살다보면 저절로 치유되어 몸도 마음도 건강해진다.'

이렇게 나름대로 해석했다.

마음이 피하는 일이나 썩 내키지 않는 일도 하나둘 형태를 갖추고 임하다보면 어느새 집중하여 몰두하게 되고, 그러면 나도 모르는 사이에 마음을 무겁게 짓누르던 안개가 말끔히 걷혀 있곤 했다.

몸이 건강하면 마음도 건강해지고 무슨 일이든 잘 풀린다.

마음이 괴로워서 어찌할 바를 모를 때 그 마음에 휘둘리기보다 다른 일에 몰두하여 스스로 격려하며 행동하면 충분히 극복할 수 있으리라.

제2장 지금을 성심껏 사는 습관

인생에 단 한 번뿐인 기회를 소중히

당신이
주인공입니다

되도록 여태까지 살아온 인생에 대해 후회하거나 한탄하지 않으려고
한다.

타인과 나를 비교해봐야 아무 도움이 되지 않으니까.

지금 내가 처한 현실을 있는 그대로 받아들이면 마음이 평안해진다.

'이렇게 할 걸. 저렇게 했으면 좋았을 것을' 하고 후회하는 일도 가끔 있
지만, 여태까지 쌓아온 내 인생은 누군가의 명령에 의한 것이 아니라 나 자
신이 결정하여 살아온 결과다.

가령 누군가가 시키는 대로 했거나 타인의 인생을 모방한 적이 있다고
해도 '그것 역시 나 자신이 결정한 일. 내 책임'이라고 받아들이자.

과거의 내 사고방식과 행동이 쌓여 지금의 인생이 되었고 현재의 내가
만들어졌다.

여태끼기 그랬던 것처럼 앞으로의 인생은 현재의 내 사고방식과 행동이

만든다는 사실을 다시금 명심하자.

후회하지 않기 위해 지금의 나를 소중히 여기고 하루하루를 성심껏 보내기로 했다.

타인의 욕망이나 유혹에 휘둘리지 않고 세상의 시선을 신경 쓰지 않고 내가 납득하는 방식으로 내 모습 그대로 자연스럽게 무리하지 않고 살아가려 한다.

내 인생은 내가 만들어가는 거니까.

지금까지도 그랬고 앞으로도 그럴 것이다.

돈이 없다, 걸핏하면 아프고 몸이 마음먹은 대로 따라주지 않는다, 마음
고생이 끊이지 않는다…….

그렇다고 '지금의 나는 불행하다'고 말할 수 있을까?

인생도 날씨와 마찬가지.

햇볕이 쨍쨍 내리쬐는 날, 흐린 날, 비오는 날, 바람 부는 날, 때로는 폭풍
우가 칠 수도 있다.

좋은 일이 있으면, 나쁜 일도 있다.

옆에서 보기에 풍요로운 삶을 사는 것 같아도 늘 행복을 느끼는 건 아
니다.

이웃에 오래된 집을 허물고 새로 지은 아파트에 혼자 사는 노부인이 있

는데, 돈 걱정 없이 풍요로워도 늘 외롭다며 만날 때마다 호소한다.

돈만 많으면 뭐하냐고 한다. 남편과 사별하고 대화를 나눌 사람도 집으로 찾아오는 사람도 없는데.

아파트 6층 창밖으로 보이는 후지산이 유일한 친구라고 했다.

"요즘 세상에 도심에서 후지산이 보이다뇨. 훌륭한 경치야말로 삶의 큰 보람이죠"라고 스스로도 납득이 가지 않는 말로 위로한다.

"연금으로만 어떻게 살아. 노후 대책이 필요해!" "마지막엔 국가가 돌봐주겠지? 어떻게든 될 거야"라고 말하는 평생 독신인 친구가 더 밝고 힘이 넘치는 것 같다.

'여기서 어떻게 더 절약하지?' '병이라도 걸리면 어쩌나' 하는 불안감과 걱정으로 부자와는 다른 마음고생이 끊이지 않지만, 외로움을 느낄 틈이 없을 정도로 몸도 마음도 바쁘게 움직이고 있다.

오랫동안 '고독과 가난'을 친구 삼아 지내서 감각이 무뎌진 걸까?

지금은 가족이 있고 돈이 많아 행복하지만 내일은 또 어떨지 모른다.

사람도 환경도 날씨처럼 시시각각 변화한다.

인생을 살면서 '이기고 지는 것'은 지극히 짧은 한순간에 일어나는 사건이다.

달력의 날짜가 바뀌면 또 새날이 시작된다.

"이겼다" 하고 기뻐했던 사람도 "졌다" 하고 한탄했던 사람도 결국은 '흙'
으로 돌아간다.

인생은 울어도 웃어도 기껏해야 100년.

그러니 '승패'나 '행불행'에 구애받지 않고 이 한순간을 성심껏 사는 것
이 바로 이기는 삶의 비결이다.

과거를
후회하지 않는다

과거에 있었던 일을 문득 떠올리고는 '그렇게 했으면 좋았을 텐데' '그 말을 해줬으면 좋았을 텐데' 하고 끙끙 앓다가 우울해지는 경우가 간혹 있다.

그럴 때는 '또 시작이다, 또 시작이네!' 하고 스스로 경고하여 생각이 더 깊어지기 전에 기분을 바꾸는 편이 좋다.

읽다 만 책을 펼치거나, 산책을 나가거나, 헬스클럽에서 몸을 움직이거나, 앞으로의 여행 계획을 세우거나.

내 마음이 들뜨고 즐거워질 만한 일이 무엇인지 '나의 서랍'을 열고 찾아보는 것이다.

과거에 대한 반성도 적당히 하면 앞으로의 행동을 바로잡아주는 '양약' 이 되지만, 지나치면 마음을 어둡게 하고 긍정적인 의욕을 가로막는 '독약'이

될 수도 있다.

되도록 빨리 기분 전환을 하고 어두운 생각을 떨쳐버린다.

100퍼센트 완벽한 사람이나 인생은 없다.

인생에 실패와 후회는 따라다니게 마련이다.

과거의 일을 자꾸자꾸 곱씹으며 후회하거나 한탄하지 않도록 한다.

앞으로의 인생에 대해서도 생각할 게 많다.

난파선처럼 흔들리며 어디에도 정착하지 못하는 삶의 방식으로는 소중한 나 자신을 잃게 될 우려가 있다.

'그렇게 하는 것 외에 다른 방법이 없었다'라고 나 자신을 인정하고 허용하는 관용도 필요하다.

완전한 내 편은 나밖에 없으니까.

마음이 침울할 때일수록 스스로를 부드럽고 다정하게 위로해야 한다.

지금의 나 자신이 존재하는 것은 '과거의 여러 경험이 있었기 때문'이라는 사실을 받아들인다.

과거를 돌아보지 않고, 구애받지 않고, 후회하지 않고, 소중한 오늘을 최선을 다해 사는 나날.

그러는 동안에는 신기하게도 마음의 모든 근심이 안개가 걷히듯 사라

진다.

예전에 독일에서 살았을 때 처음에는 독일어를 전혀 알아듣지 못했다.

그래도 '어학은 그저 수단일 뿐, 마음이 통하는 게 중요'하다고 여기고 이국땅에서 당당하게 생활했다. 지금도 그 시절을 생각하면 나 혼자만의 믿음과 근거 없는 자신감에 얼굴이 붉어질 때가 있다.

일본에서 독일어를 배운 적이 없어서 발음을 독일에서 익혔는데 이것만큼은 좋았다고 생각한다.

맨 처음 독일인에게 배운 말은 '랑잠(langsam)'.

'천천히'라는 뜻으로, 독일인이 좋아하는 단어다.

어떤 일을 하든 서두르지 말고, 허둥대지 말고, 천천히, 여유를 가지라는 뜻.

그렇게만 하면 자기가 하고 있는 일을 깊이 이해하게 되니 성공 확률도 높아진다.

뿐만 아니라 처천히 생각하고 행동하면 상대를 둘러싼 상황도 잘 보인다.

지인 중에 정년이 되어 은퇴를 했는데도 '치매 방지에 좋으니까'라며 '오늘 갈 곳' '오늘 할 일'을 정해두고 현역 시절보다 더 바쁘게 사는 사람이 있다. 수첩이 하루하루의 일정으로 시커멓게 채워져 있을 정도.

마치 뭔가에 쫓기듯 매일 바쁘게 움직인다.

배낭을 짊어지고 부리나케 뛰어다니는 그 사람을 볼 때마다 경제적으로 곤란한 상황이라면 그럴 수 있다 쳐도 '소중한 시간을 좀 더 여유롭게 쓰면 좋을 텐데'라는 생각이 더 앞선다. 부럽기보다 좀 안타깝다.

독일인은 여행을 하거나 공원에서 산책을 하거나 야외 카페에 앉아 몇 시간이고 행인들을 구경하며 지내는데…….

느긋하고 여유로우면 나 자신과의 대화도 즐길 수 있다.

어느 심리학자에 의하면 '해야 할 일을 너무 많이 만들다보면 중요한 것을 놓치기 쉽고 심신이 피로한 데다 초조해지니 무슨 일이든 잘 풀리지 않는다'고 한다.

급히 계단을 오르다가 도중에 숨이 차서 힘들어질 때 잠시 쉴 만한 층계참이 나오면 몸도 마음도 안심이 된다.

이 나이가 되어서도 과로하려 하는 나 자신에게 랑잠, 랑잠.

나이 들면 더더욱 '천천히, 느긋하게'.

일에 몰두할 때도 마음에 여유를 가지는 게 좋다.

물론 세상을 위하고 타인을 위하는 마음도 잊지 말아야겠지만.

귀엽게 설교하는
노인이 되자

"또 왔네, 저 잔소리 할배!"

꽃을 사려고 편의점에 들렀는데 계산대 아주머니가 투덜거린다.

편의점 입구에서 마주친 이웃에 사는 70대 남성을 보고 하는 소리다. 나랑은 이따금 인사만 나누는 사이였는데, 언젠가 내게 말을 걸면서 "일본이 앞으로 어떻게 되겠나, 옛날이 좋았지 지금 틀렸어" 하고 설교를 늘어놓는 바람에 당황한 적이 있다.

"바빠 죽겠는데 무슨 할 말이 그렇게 많은지 다른 손님들한테도 방해가 된다니까요" 하고 편의점 아주머니가 곤란한 표정을 지었다.

잘생긴 젊은이라면 몰라도 귀엽지도 않은 노인을 상대하려니 귀찮고 성가시겠지.

"집에도 그런 남자가 하나 있어서 지긋지긋해 죽겠는데 내가 밖에 나와서도 저런 노인을 상대해야겠어요?"

위에서 내려다보는 시선으로 "저래서 안 돼" "옛날이 좋았지" 하고 부정적이고 퇴행적인 말을 하면 본인은 그럴 의도가 아니었을지 몰라도 듣는 사람은 "그러는 자기는 얼마나 잘나서!" 하고 한마디 해주고 싶어진다.

지금은 편의점 아주머니도 젊은이도 자기 의견을 충분히 주장할 수 있는 시대다.

연금으로 생활하는 한가한 노인이 하는 이야기를 듣고 있을 시간이나 있을까? 다들 매일매일 땀 흘리며 '오늘의 빵'을 위한 노동을 하느라 바쁘다.

잘난 척 지식을 늘어놓는 고령자를 '역겹다'며 싫어하는 젊은이도 많다.

매일 하는 일 없이 배낭을 짊어지고 여기저기 돌아다니며 "도대체 요즘 것들은!" 하고 아무리 언성을 높여봐야 아무도 관심을 가져주지 않는데다 영향력도 없다.

편의점 아주머니만 그런 게 아니라, 나 역시 "세상이 그렇게 걱정된다면 시부야 거리에 나가 연설이라도 하지 그러셔?" 하고 쏘아붙이고 싶었다.

회사에서 관리직으로 일한 건 알겠는데 은퇴한 후에도 예전과 똑같은 태도로 간섭하고 설교를 늘어놓는다면, 설령 직장 상사였다 하더라도 미움받기 십상인 시대다.

나와 관계없는 사람이라면 더구나 섬가시기만 하다. "집에서나 그러시지" 하고 쫓아버리고 싶어진다.

주위에 폐가 될지도 모른다는 생각은 하지도 못하는 뻔뻔스러움, 깔끔하지 못한 옷차림, 분수를 모르는 거만함까지 두루두루 갖춘 고령자는 아무리 옳은 말을 해도 '연금 도둑' 취급을 받을 뿐이다.

어쩌면 피에로처럼 화려하게 차려입고 우스갯소리를 연발하여 사람들을 웃기는 게 차라리 나을지도 모른다. 그러면 "옳소" 하고 웃으며 동조해줄지도…….

재담꾼 스타일의 귀여운 할아버지는 세상을 밝게 만든다.

사람들이 "재미있어요!" "또 오세요" 하고 다음 이야기를 기대해줄지도 모르고.

어릴 적 그림 연극 할아버지를 이제나저제나 기다렸듯이.

말을 하고 싶어 입이 근질거린다면 그냥 자존심 따위 내팽개치고 '귀여운 노인'이 되어 자학 개그를 펼쳐보는 편이 낫지 않을까.

인생의 연륜을 쌓은
지혜로운 노인을 목표로

나이는 먹고 싶지 않다.

누구나 바라는 바이지만, 부자도 가난뱅이도 유명인도 무명인도 평등하게 나이를 먹는다.

머리카락이 하얗고 얼굴이 주름투성이인 그저 나이만 먹은 늙은이는 되고 싶지 않다.

외모도 그렇지만 인생의 깊은 연륜이 느껴지는 지혜로운 노인이 되고 싶다.

과거를 한탄하지 않고 현재 생활에 만족하며 인생의 비애를 이해하면서도 어떤 일에든 성실하게 임하는 노인으로 늙어가고 싶다.

인생이 끝나는 마지막 순간까지 배우려는 마음과 욕구를 가지고, 과거의 경험이나 지식을 남에게 강요하지 않도록 한다.

묻고 지인의 생각을 표현하는 건 좋지만 위에서 내려다보듯 하지 말고 설교처럼 들리지 않게끔 주의한다.

늘 밝게 큰 소리로 잘 웃고, 자기 몸을 소중히 여기며 신체를 자주 움직이고, 내 일은 내가 직접 하도록 노력한다.

늘 말쑥하고 품위 있고 청결한 옷차림과 세련된 마음가짐으로.

타인의 불행을 내 일처럼 슬퍼하고, 행복은 진심으로 기뻐한다.

나보다 어린 사람의 의견이나 생각에 적극적으로 귀 기울이고, 질문을 받으면 내 의견도 넌지시 전한다.

시대의 흐름에 뒤처지지 않으면서도 편리함에 매몰되지 않고, 내가 이해할 수 있는 것과 구사할 수 있는 것은 흔쾌히 받아들인다.

신문을 읽고, 독서의 폭은 넓게.

취미를 가지고 자기만의 시간을 소중히 여기지만, 고독하지는 않다.

육체적 쇠퇴를 자각하면서 그 사실을 감추지 않는다. 늙어가는 신체를 자연스러운 흐름에 맡기지만 마음만큼은 나이가 느껴지지 않도록 젊고 긍정적으로 유지한다.

나이가 들수록 조심성을 갖추고 평정심을 유지한다.

이것저것 욕심이 나지만 손에 넣을 수 있는 것에는 한계가 있다.

'좀 더 좀 더' 하고 애썼지만 결국은 나를 위해서도 남을 위해서도 도움이 되지 않고 어리석은 일에 휘둘릴 뿐인지도 모른다.

지금 가진 고만고만한 행복을 음미하며 너무 깊이 고민하지 않도록 한다.

'이 정도로 됐다'라고 받아들이면 소란스러웠던 마음이 가라앉는다.

매일매일 반복되는 평범한 일상에 감사하면 늘 차분하고 온화한 기분을 유지할 수 있다.

필요 이상의 물건을 얻었으면 화통하게 나눠가지는 나눔의 정신을 발휘한다.

나누는 기쁨이 내 마음에 여유와 풍요로움을 선사할 것이다.

이렇게 늙고 싶다고 항상 생각하고 다짐하지만…….

나는 과연 어디까지 이룰 수 있을까?

시간과 수고를
들인다

내일의 내 세포는 지금 내가 먹는 것들로 이루어진다.

'혼자 사니까' '시간이 없어서' '요리하기 귀찮아서', 자칫 편리함과 안이함의 유혹에 이끌려 인스턴트식품이나 외식에 의존하기 쉬운데, 편향된 식생활로는 고칼로리, 고염분 음식에 노출되기 쉽고 비타민, 철분, 미네랄은 늘부족하기 십상이다.

영양 과다나 영양 부족일 때 면역력이 떨어지고 자주 감기에 걸리거나 기력이 저하된다. 노인은 골다공증이나 우울증, 치매 증상까지 생긴다고 한다.

내 몸은 내가 지킨다.

활기찬 마음은 건강하고 균형 잡힌 신체에 깃든다.

특별한 요리가 아니더라도 나를 위해 '약간의 시간과 수고'를 들인다.

시판되는 반찬에 양상추나 오이 등 생야채를 조금 곁들이는 것만으로도 좋다.

으깬 토마토에 소금과 후추, 바질가루를 넣고 뜨거운 물을 부으면 훌륭한 토마토수프가 된다.

인스턴트 된장국에 불린 건미역을 듬뿍 넣어 먹는 방법도 추천한다.

아무리 사소한 것이라도 생활에 '약간의 수고'를 곁들여본다.

나를 위해 작은 정성을 들이면 몸도 마음도 조금은 따스해진다.

'지금 이 순간'을
소중히 여긴다

일어나지 않을지도 모르는 미래의 일에 신경을 쏟다보면 인생도 어느새 후딱 지나가버린다.

어딘가에 있을 '큰 행복'을 찾느라, 지금 내 손 안에 있는 '작은 행복'을 놓치고 있는지도 모른다.

내가 아는 독일인 친구는 여행을 가도 그림엽서 외엔 선물 따위 일절 사지 않는다.

"선물 찾고 고를 시간에 조금이라도 더 많이 돌아다니고 싶어. 새로운 동네의 공기, 자연, 사람들, 음식을 만나는 즐거움을 최대한 만끽해야지."

"사진도 정말 여기다! 싶은 경치만 찍을 거야. 멋진 사진을 찍느라 카메라 렌즈가 아닌 '진짜 눈'으로 봐야 할 광경을 놓치면 아깝잖아."

물건은 언젠가는 없어지게 마련이지만 눈에 각인된 추억은 언제까지고 마음에 남을 테니까.

인생에서도 여행에서도 같은 일은 두 번 일어나지 않는다.

'언젠가 또 다시'는 영원히 오지 않는다. 지금 이 순간을 놓치면 돌이킬 수 없다.

이리저리 생각만 하다가 인생이 끝나는 것만큼 허무한 일이 또 있을까.

그러니 현재에 감사하며 순간순간을 소중히 음미하고 즐긴다.

이 순간을 마음속에 단단히 새기면서.

변화를
받아들인다

변화는 반드시 일어난다.

오랜만에 만난 지인의 변한 모습에 놀랄 때가 있다.

얼굴에 주름이 늘고, 모델처럼 날씬했던 체형이 마치 생맥주 통처럼 둥그스름해졌다.

"모델처럼 늘씬했던 몸이 어쩌다 이렇게 됐어?"라는 말은 농담으로라도 못한다.

상대가 봤을 땐 내가 더 변했는지도 모르기 때문이다.

인간관계도 변하고, 환경도 경제도 변화하고, 온난화로 인해 기온마저 조금씩 높아지고 있다.

기온처럼 천천히 변하는 것도 있지만 어느 날 갑자기 땅이 함몰되기도 한다.

'인생에 변화는 반드시 일어난다'라고 단순하게 받아들이려는 마음가짐이 필요하다.

'내 인생에 무슨 일이 일어날지는 아무도 모른다'라는 사실을 받아들이고 달관하면 작은 일에 끙끙 앓는 일도 줄어들 것이다.

'나이 먹고 싶지 않다' '부모님과 영원히 이별하고 싶지 않다'라고 생각해도 나이는 반드시 먹고 언젠가는 부모와 이별한다.

현실을 부정하고 싶어도 변화를 막거나 바꿀 수는 없다.

변화를 순순히 받아들이지 않으면 나만 괴롭고 힘들 뿐.

변화가 있기에 진보가 있는 것이다.

낡은 것은 가고 새로운 것이 오게 마련이다.

비는 식물에게 수분과 영양을 공급하고, 맑은 날의 태양이 식물을 자라게 한다.

어떠한 변화도 자연계에는 필요하다.

변화는 고통이 아니라 내일로 향하는 첫걸음이다.

은퇴할 시점이 되어 "이제 어떻게 하면 좋지?" 하고 불안해하는 사람이 있는데, '현재 상태보다 한 걸음 진보한다'라고 생각하고 기대감을 품는다.

그러면 그 긴장은 안심이 되고 왠지 밝은 미래가 펼쳐질 것 같은 기분도 든다.

변화는 반드시 일어난다.

언제까지나 '이대로 좋은 것'은 없다는 사실을 깨닫고 '어떠한 변화'든 적극적으로 받아들일 준비를 해야 한다.

사랑은
죽을 때까지

누군가를 좋아하는 마음은 젊은이들의 전유물이 아니다.

고령이 되어서도 마음 맞는 사람을 만나면 젊었을 때 이상으로 활활 타오르기도 한다.

언젠가 같은 동아리 부원이었던 고등학교 동창이 병으로 쓰러진 지 얼마 되지 않아 저 세상으로 떠났다.

나중에 소식을 알린 고향 친구 말로는, '평생 독신'이었던 그는 가족의 바람대로 형제 몇 명만 모인 가운데 조용히 떠났다고 했다.

졸업한 후로는 1년에 한 번 연하장을 주고받았고, 이따금 졸업생끼리 꽃구경을 빙자하여 고향에서 모일 때 문득 내가 떠올랐다는 듯 "담당 선생님도 너 보고 싶어 하셔"라며 전화를 걸어줬다.

일이 밀려 있었던 나는 고향으로 가는 신칸센 편도 4시간의 여정이 너무 밀어 결국 가지 못했고, '언제가 꼭' 하고 다짐하는 사이에 세월이 흐르고 전화도 점점 뜸해졌다.

그런 중에 갑작스레 날아온 부고.

그해 8월, '그의 마지막 거처였던 아파트 방에서 우란분절(음력 7월 15일 불교의 명절로, 돌아가신 이를 위해 재를 올리는 날이다 - 옮긴이) 같이 지내지 않을래?'라는 메시지가 왔다. 보낸 이는 동급생 A코.

놀랍게도 그곳은 그녀의 집이었다.

담담하게 이어지는 글 사이로 그를 향한 그리움이 절절하게 느껴졌다.

"혹시 두 사람?"

곧 고령자 대열에 들어서려 하는 두 사람에게 우정 이상의 무언가가 있었던 건가?

그로부터 몇 개월 후의 초겨울, 우란분절에 참가하지 못했던 나는 간사이 출장길에 시간을 내어 A코의 집을 방문했다. 그녀의 안내로 방에 들어갔을 때 모든 의문이 풀렸다.

그의 사진이 몇 개나 걸려 있고, 주변이 향과 초, 백합으로 장식되어 있었다.

"6년 전에 어쩌다 만났는데 서로 끌려서 사귀게 됐어."

늘그막의 사랑! '사실은 소설보다 기이하다.' 솔직히 놀랐다.

고교시절(다른 반이었다)의 그를 모르는 그녀를 위해, 이미 퇴색된 낡은 기억을 더듬어가며 동아리 활동을 하던 때의 추억 이야기를 들려주었다.

그녀가 앨범을 꺼내 와서 보여주었다. "여기 같이 갔었어, 저기도 갔었어"라며…….

추억의 자수정 목걸이와 금반지에 자꾸만 손을 대는 그녀를 바라보며, 문득 '그녀에게도 추억의 물건을 내려놓을 때가 올까?'라는 생각에 잠겨버렸다.

이따금 흐르는 그녀의 눈물을 못 본 척하며 "연애 기간은 짧지만 둘만의 뜨거운 추억이 있으니 더 힘들겠구나" 하고 위로했다.

화르르 타오르는 모닥불 같은 젊은 사랑과 달리 뜬숯처럼 뭉근히 타는 사랑은 꺼지기까지 얼마만큼의 시간이 필요할까?

같이 할 날이 길지 않았던 사랑이라 그리 쉽게 꺼지지는 않으리라.

그건 그렇고 우리는 몇 살이든 사랑에 빠질 수 있다는 사실을 이 나이에 새삼 깨달았다.

준비는
생활의 리스크 관리

　경험이 풍부해야 할 나이인데도 당황하여 허둥거리는 모습만큼 보기 흉한 것도 없다.

　예를 들어, 급한데 차 키가 보이지 않을 때.

　이런 경험은 젊은 시절에 충분히 하지 않았던가?

　물론 외출할 때 시간 여유를 두고 준비하는 게 좋지만, 어쩌다 바빠졌다 해도 물건을 찾느라 허둥거리고 싶지는 않다.

　중요한 것을 잊고 있다가 현지에서 알아차리는 경우도 있다.

　몇 년 전 숲속 별장으로 출발했는데 신칸센을 타고 역에 도착해서야 차 키를 두고 왔다는 걸 알았다!

　가방 밑바닥까지 마구 휘저었는데도 보이지 않았다.

　숲속 별장은 여름철 주말이나 휴가 때만 이용하기 때문에 차를 여름 몇 개월간 현지 신칸센 역 주차장에 세워둔다.

집에 가서 가져올까 생각했지만 시간이 아까웠다.

눈앞에 있는 내 차를 안타까운 시선으로 바라보며 일단 렌터카를 이용하기로.

다행히 그때 체재기간이 주말 이틀뿐이어서 렌탈료가 신칸센 왕복 운임과 크게 차이나지 않았지만, '왜 집에서 나올 때 확인하지 않았을까?' 하고 내내 자책했다.

잘 생각해보면 어떤 경우에도 허둥지둥 소란을 피우지 않기 위한 사전 해결법은 있다.

일을 시작하기 전에 철저하다 싶을 정도로 준비에 최선을 다하는 것.

여름날의 그 쓰라린 경험을 거울삼아, 차 키는 잊는 일이 없도록 집을 나설 때 반드시 지나게 되는 현관에 집 열쇠와 세콤 키와 함께 세트로 보관하기로 했다.

여행으로 집을 비울 때는 반드시 열쇠로 현관문을 잠그고 세콤 락을 걸고 나서 출발하니 차 키는 이제 잊으려야 잊을 수가 없다.

키를 갖고 나왔어도 분실할 우려가 있다.

그래서 스페어 키를 갖고 다니기로.

나는 이렇게 '이 정도면 괜찮겠지' 하고 안심할 수 있는 완전무장 외출 세트를 마련했다.

독일에 살던 시절, 이웃에 사는 독일인에게 화재나 도난에 대비하여 가구 사진과 가격을 기록한 파일을 만들어두라는 말을 들은 적이 있다.

지금이라면 폰으로 사진을 찍어두기만 하면 되지만.

시키는 대로 시작했다가 '어차피 싸구려뿐인데 뭐' 하고 도중에 포기한 경험이 있는데, 가격과 상관없이 '내 소유물은 내가 철저히 관리하는 습관'은 안심하고 생활하기 위해 무척 중요한 태도인 것 같다.

부끄럽지만 '차 키 사건'을 겪고 난 후 뒤늦게 얻은 깨달음이다.

인간은 몇 살이든 실패에서 배운다.

최악의 타이밍에 필요한 것이 눈에 띄지 않으면 마음이 초조해지고 스트레스를 받는다.

그러나 나는 오랜 경험으로 '찾을 때는 안 보였는데, 어디 있었는지 나중에 보이는 경우가 대부분'이라는 걸 안다.

그러니 최악의 경우를 상정하여 여분을 준비해두면 안심이다.

물건뿐 아니라 일어날지도 모르는 현상이나 사건을 미리 예상하고 마음의 준비를 해둘 필요도 있다.

이른바 생활의 '예상문제집'과 '위험관리'.

단, 물건과 달리 마음의 준비는 너무 까다롭지 않게 적당히.

지나치지 않을 정도로만 신경 쓰는 편이 좋을 듯하다.

자기도 모르는 사이에 문제가 발생하여 골머리를 앓는 경우가 있다.

이제 조금 해결되었다고 생각했는데 또 비슷한 문제에 휘말린다.

'인생은 이런 일의 반복'이라는 사실을 받아들이는 것도 중요하지만, 그보다 먼저 '작은 마음가짐'을 습관화해야 한다.

'작은 마음가짐'의 축적이 생활을 간소화하고 문제가 복잡해지는 것을 막아준다.

사용하지 않는 방의 불은 부지런히 끄고, 수돗물을 쓸 때도 늘 절수를 염두에 둔다.

물건을 소중히 하고 쓸데없는 소비는 자제한다.

이런 작은 절약 습관이 사회 전체의 에너지 절감으로 이어지고 환경 문제 해결로 가는 첫걸음이 된다.

소비를 줄이는 것은 돈을 모은다는 목적 외에도 물건을 소중히 하는 주의 깊고 신중한 생활을 통해 세상에 공헌한다는 의미가 있다.

나도 세상에 도움이 되는 존재라는 걸 늘 의식하면서도 한편으로는 사회에 폐를 끼치거나 문제를 일으키고 있지는 않은지 생각해볼 필요가 있다.

이런 '작은 습관'이 생활의 균형 감각을 키운다.

30년 전 사업을 시작할 때, 반드시 양심적인 경영을 하겠다고 다짐했다.

사회에 도움이 되는지 아닌지를 생각하며 이익을 추구하기로 했다.

필요 이상의 막대한 이윤을 추구하다보면 사회나 타인에 대해 각종 문제나 갈등을 일으킬 가능성이 높아진다.

어느 정도의 이윤이라면 나도 주변도 그럭저럭 윤택해질 수 있고 모두가 행복해질 수 있다.

무리하지 않고 늘 주변을 배려하며 여유를 가지고 살아가고 싶다고 생각했다.

덕분에 회사는 작고 가난할지 몰라도 끊임없이 발생하는 문제가 더는 복잡해지지 않았고, 나도 내 주변을 찬찬히 둘러볼 수 있을 정도의 여유는 누리며 살고 있다.

명함은
내가 아니다!

은퇴한 후에도 예전에 쓰던 낡은 명함을 계속 들고 다니는 사람이 있다.

일전에 어느 모임에서 "예전에 이런 일을 했습니다"라며 구깃구깃한 명함을 내미는 사람이 있어서 깜짝 놀랐다.

'어디어디에서 퇴직'이라고 인쇄된 명함을 받은 적도 있다.

다니던 회사 선전에는 도움이 될까? '퇴직한 회사에 그렇게까지 충성심을 가질 수 있다니' 하고 조금 부럽기는 했다.

한편으로는 '과거의 당신은 알겠는데, 현재의 당신은 누구?' 하고 딴지를 걸고 싶어진다.

설마 명함 속 직책이 자기 자신이라 믿었기에 직장을 그만둔 순간 정체성을 잃은 듯한 느낌이 들어 옛날 명함에 매달릴 수밖에 없는 건 아니겠지?

생계를 유지하기 위해, 또는 하고 싶은 일이라 의욕을 불태우는 경우라도, 사람의 가치는 '어떤 일을 하는가'로 측정되지 않는다.

무슨 생각을 하고, 무엇에 관심을 두고 사는지가 더 중요하다고 나는 믿는다.

나는 요즘 명함을 갖고 다니지 않는다. 회의나 모임에 나가서도 최대한 명함을 내밀 기회를 만들지 않는다.

이제 와서 모르는 사람한테까지 나의 존재를 알릴 필요성을 느끼지 못하기도 하고, 또 나이가 드니 좀 쑥스러워서다.

그 대신 "지금 자그마한 회사를 운영하고 있고, 이따금 강연을 하거나 책을 쓰고 있어요"라는 말로 '내가 누구인지'를 설명한다.

명함을 꼭 받고 싶어 하는 사람에겐 나중에 보내기로 한다.

나 역시 다양한 직함을 갖고 있지만 직함이 곧 나는 아니다.

간혹 내게서 회사 사장이나 평론가라는 직함을 빼면 홀가분하겠다는 생각이 들 때가 있다.

일할 때도 '오키 사치코 씨'라는 개인의 이름으로 불리고 싶다.

일전에 교토의 작은 절에 갔다가 근처 도자기 가게에 들렀는데, 매장 직원이 "오키 사치코 씨 아닌가요?" 하고 아는 척을 했다.

내 이름을 불러줘서 기뻤던 것도 잠시, "그, 청소 카리스마……. 잘 보고 있어요!"라는 말이 이어지는 바람에 마음이 순식간에 싸늘해진 경험이 있다.

그 중년 아주머니에게 "감사합니다"라고 인사했지만, 내게서 '청소'를 빼면 아무것도 남지 않나 싶어 조금 우울했다. 그래도 나 자신을 더욱 연마하고 정진해야겠다고 다시금 마음을 다잡는 계기가 되었기에 여태껏 좋은 기억으로 남아 있다.

몇 년 전부터 하루에 한 번 타인에게 도움이 될 만한 일을 하자고 마음 먹었다. 뭐든지 좋다. 아무리 사소한 일이라도 내가 할 수 있는 걸 하겠다고.

가을이면 우리 집 벚꽃나무에서 떨어진 낙엽을 치우는 것이 하루 일과 중 하나다.

이럴 때 우리 집에 떨어진 낙엽을 치우면서 몇 채 떨어진 이웃의 활엽수 낙엽까지 내친 김에 쓸어버린다.

지하철 역 구내나 길거리에 굴러다니는 빈 페트병도 줍는다.

단 하나라도 좋다.

소식 없는 친구나 지인에게 오랜만에 간단한 메시지를 보낸다.

'가끔은 네 생각도 해'라는 마음이 전달되면 된다.

자기만족에 지나지 않을지도 모르지만 하루에 한 번 뭔가 좋은 일을 하면 아무리 사소한 일이라도 내 마음이 부드럽고 가벼워지는 걸 느낄 수 있다.

남편한테 뭔가 부탁을 받으면 "바쁜데……" 하고 대답하는 바람에(진짜 바쁘다) "이왕 해줄 거 흔쾌히 해주면 좋지!" 하고 핀잔 받는 나.

'가끔은 친절하고 다정하게 대해줘야지'라고 마음먹고 "오케이!" 하고 선뜻 떠맡았더니 이젠 또 "어쩐 일이야? 어디 아파?"라고 한다.

당황한 나는 '역시 선행은 꾸준히 실천했을 때 효과를 발휘하는 모양이다'라고 반성.

부부처럼 가까운 사이라도 나를 위해서가 아니라 '상대가 기뻐할 만한 일'을 우선적으로 생각하는 평소의 습관이 중요한 것 같다.

작은 것부터
쌓아간다

'우리는 위대한 일을 할 수 없다. 다만 위대한 사랑으로 작은 일만 할 수 있을 뿐이다.'

위대한 마더 테레사가 남긴 명언.

보통 사람인 나는 위대한 사랑이라 해도 그녀가 말하는 사랑과는 차원이 다르겠지만 주변에서 찾을 수 있는 '작은 일'이라면 성심껏 할 수 있을 듯하다.

티끌도 모이면 태산이 된다. 꼬박꼬박 작은 일을 쌓아가며 생활하고 싶다.

낭비를 자제하고, 있는 물건을 수리하여 끝까지 사용하도록 한다.

뜯어진 카펫을 기우면서 알뜰하게 생활을 꾸려가는 나 자신을 자랑스럽게 여긴다.

나의 '작은 생활 습관'이 세상을 위하고 타인을 위하는 길로 연결된다는 사실을 자각한다.

큰 일이 아닌 주변의 작은 일을 쌓아 가더라도 세상을 바꿀 수 있다.

행운은 기다리는
사람에게 온다

좋은 아이디어나 제안은 내가 필요할 때 바로 얻을 수 있는 게 아니다.

물건을 찾을 때 눈에 잘 띄지 않는 것과 마찬가지로.

나는 여태까지 돌다리를 두드려가며 달려왔다.

순간적으로 좋은 아이디어가 떠올라 바로 행동에 옮겨 잘 풀린 적도 있지만, 걸음을 멈추고 잠시 시간을 가졌을 때 일이 순조롭게 진행된 경우가 더 많다.

서비스업에 '클레임'은 으레 따라붙게 마련.

고객의 불평불만에는 반드시 나름의 이유가 있다.

내가 성심성의를 다한 일이 상대에게 통하지 않았거나, 상대의 요구사항을 내가 제대로 이해하지 못했을 수도 있다.

그럴 때 문제가 발생한다.

'클레임'을 말할 때 고객은 대체로 화가 나 있는 경우가 많다.

되도록 상대가 말을 다 끝마칠 때까지 차분하게 인내하며 기다리도록 한다.

상대의 말을 듣고 내게 잘못이 있다고 판단되면 즉시 사과한다.

"정말 죄송합니다"라고 사과한 후에 문제 해결을 위해 상대의 희망사항을 묻는다.

가능한 일과 불가능한 일이 있을 테니 "○○일까지 다시 연락드리겠습니다"라고 한 후 며칠 이내로 반드시 연락한다.

때로는 상대측이 불합리한 요구를 하는 경우도 있다.

이럴 때는 "어려울 것 같긴 한데, 한 번 더 검토해보겠습니다"라고 하여 일단 보류하고 대답을 미룬다.

잠시 틈을 두면 상대에게 생각할 시간을 주는 셈이 되고, 나도 그동안 최선의 아이디어가 떠오를 수 있다.

어떤 경우든 즉답은 피하는 것이 좋다.

문제 해결 방안이나 일에 관한 아이디어는 열심히 고민할 때가 아니라 조금 묵혀두고 기다릴 때 떠오르는 경우가 많다.

최고의 아이디어는 필사적으로 찾는 것이 아니라, '최선을 다하고 천명을 기다리는 여유'를 가졌을 때 저절로 찾아오는 법이다.

두뇌의 나사를 풀어
회전을 늦춘다

나이를 먹을수록 두뇌 회전의 나사를 조금 느슨하게 하면 편해진다.

나는 여태까지 몇 가지 일을 한꺼번에 끌어안고 몇 종류나 되는 일을 동시에 진행했다.

큼직한 식탁 위에 각각 다른 서류를 늘어놓고 여러 일을 한번에 처리하는 것이 당연한 생활이었다.

그래도 젊었을 때는 스트레스를 느끼지 않았다. 오히려 충실감이 넘쳤다.

기분에 따라 환경에 변화를 주는 것도 좋을 듯하다. 고민거리가 생기면 간혹 혼자 있고 싶을 때가 있었지만, 나이를 먹으니 조용히 지내고 싶어질 때가 부쩍 많아졌다.

몸을 움직이고 있을 때보다 정지 상태일 때 뇌가 활발하게 돌아가는 듯한 느낌도 들고.

그런 때 새로운 아이디어나 기발한 발상도 잘 떠오를 것 같다.

나이가 들면 신체 기능도 조금씩 노화하고, 스스로 느끼지 못하더라도 움직임이나 기억력이 둔해진다.

동시에 많은 일을 하기보다 하나씩 확인해가며 완성해야 실수도 줄일 수 있고 몸도 마음도 지치지 않는다.

'이것도 해야 하고 저것도 해야 한다'라고 생각하면 늘 초조하고 머리도 복잡해진다.

어느 보험회사 담당자에 의하면 '고령자가 일으키는 사건 중 높은 비율을 차지하는 것이 요리 중의 화재'라고 한다.

튀김요리를 하던 중에 전화가 걸려와 대화에 푹 빠지는 바람에 요리를 하고 있었다는 사실을 까맣게 잊고 기름에 불이 붙어 화재가 발생한 사건이 대부분이라고.

이런 실수는 고령자만이 아니라 바쁠 때 주의를 게을리하면 누구에게나 일어날 수 있는 일.

주의가 산만하고 집중력이 떨어지는 사람은 연령에 상관없이 일을 할 때 몇 번이나 같은 실수를 저지르곤 하지만, 고령일수록 건망증이 심해지니 크고 작은 사건을 일으키는 경우가 아무래도 잦다.

보험회사 담당자의 말을 듣고 남의 일이 아니라고 생각했다.

'음식을 끓이거나 기름 쓰는 요리를 했으면 반드시 불을 끄고 나서 다음

행동으로 옮길 것.'

　'지금 하고 있는 일을 일단 끝낸 후 새로운 일을 시작할 것.'

　이젠 정말이지 노인이 되었다! 라고 스스로 인정하는 것이 중요하다.

　한번에 생각하는 양을 줄이면 뇌가 더욱 활발하게 움직인다고 한다.

　건강한 노후를 보내기 위해서라도 해야 할 일로 머리를 꽉 채우지 말고
두뇌 활동의 나사를 느슨하게 풀어가며 행동하도록 하자.

뭐든지
적는 습관

요즘은 일을 이메일이나 전화로 해결하는 경우가 많아졌다.

게다가 글을 읽을 일은 많아도 적을 기회가 줄었다.

원고를 쓸 때도 키보드를 두드리고, 검토한 것을 그대로 메일에 첨부하여 출판사에 보내기도 한다. 그러는 편이 담당자에게도 편리한 시대다.

몇 년 전부터 손으로 적을 기회를 의식적으로 늘리고 있다.

일기를 적듯이 손바닥 크기의 작은 노트에 그 날의 아침 식사와 점심 식사 메뉴를 기록해본다.

깜빡 잊었다면 다음 날 어제 먹었던 메뉴를 필사적으로 떠올리며 "아직 치매는 아니야" 하고 되뇌며 안심한다.

신문에 흥미로운 기사가 실렸다면 요약한 내용을 메모하고, 선물이나 메시지를 받았다면 그에 관해서도 기록해둔다.

조금이라도 손으로 적을 기회를 늘리면 그만큼 생각하는 시간도 늘어나고 뇌에도 적절한 자극이 된다.

노후의
돈에 대한 생각

노후에 의지가 되는 것은 건강과 얼마만큼의 돈.

10년 전에 향년 89세로 돌아가신 샐러리맨이었던 아버지는 노후를 자식들한테 의존하지 않고 연금과 퇴직금, 얼마간의 예금으로 그럭저럭 생활을 꾸려갔다.

지금은 90세, 100세까지 사는 시대가 되어 연금 재정 파탄이 우려되는 가운데, '연금도 믿을 수 없다'는 현실을 직시하고 오로지 연금에만 기대는 노후 생활을 다시 생각해보아야 한다.

전력회사 엔지니어였던 아버지는 생일 같은 날에 "용돈이에요" 하고 현금을 드리면 "그럴 돈 있으면 모아뒀다가 자산주라도 사둬" 하고 선물 외의 현금은 받으려 하지 않고 그 돈으로 전력이나 가스회사 주식을 사라고 권유했다.

생명보험을 까닭 없이 싫어하여 "빨리 죽는 사람은 이익이겠지. 오래 살 사람은 필요 없어"라는 이유를 들며 피했고, "남은 가족 생각은 안 해요?"라고 어머니가 불안한 듯 말해도 "보험에 넣을 돈을 모으면 돼" 하고는 더 이상 상대해주지 않았다.

그 대신 채소를 충분히 먹고 산책을 게을리 하지 않는 등 식생활이나 신체 활동에 신경을 썼다. 그래서인지 감기 한 번 걸리지 않고 마지막까지 건강하게 살다 가셨다.

'부모로서의 의무는 학비를 내는 시기까지. 언제까지고 아이 취급해선 안 돼'라고 못박는 한편, 지금보다 자식에게 의존하는 사람이 많았던 시절에도 노후의 '경제적 자립'을 신념으로 살았다.

퇴직 후에는 연금으로 생활하면서도 부부끼리 여행을 자주 다녔다. 그리고 불필요한 것에는 돈을 쓰지 않고 고급 소재로 만든 좋은 옷을 사서 정성껏 손질해가며 입었다.

자식의 손을 빌리거나 자식에게 의지하지 않고 자신의 힘으로 윤택하게 생활하는 모습은 옆에서 봤을 때 '나도 노후를 저렇게 보내고 싶다'라는 생각이 들게끔 했고, 내 아버지이지만 부러웠다.

아버지의 노후 생활에 보탬이 된 것은 연금과 부지런히 사 모은 자산주 배당금, 그리고 필요할 때 꺼내 쓸 수 있는 보통예금.

노후에 대비하여 스스로 노력하여 만든 적지만 그럭저럭 도움이 되는 재산.

빚과 신용카드를 싫어했던 아버지는 옛날부터 현금주의를 철저히 고수한 덕분에 퇴직 후 유유자적한 생활이 가능했는지도 모른다.

자산주 중엔 도산하거나 합병되어 휴지조각이 된 것도 있지만, 아버지는 그럴 때도 당황하지 않고 속상해하지도 않고 "가진 돈을 다 쏟아 부어 도박을 한 건 아니니까"라며 조용히 때를 기다렸다.

신중한 아버지는 한번 구매한 주식은 오래 보유하며 지켜보는 편이었고, 재산을 거는 위험은 피하고 배당금을 모아 다른 주식을 사는 방식으로 인생의 작은 모험을 즐겼다.

일하느라 바빠서 주식을 할 틈이 없었던 나는 아버지가 가르쳐준 '자산주'만 몇 종목 구입하여 20년 이상 묵혀두고 있다.

1년에 두 번 약간의 배당금 소식이 올 때마다 '어디에 쓸까?'라며 고민하는 기쁨이 나이가 들수록 점점 커지는 것 같다.

가끔 기분이 내키면 일본경제신문의 주식면을 들여다보는 정도. 절대 빠져들지는 않는다.

이 나이가 되어서야 돌아가신 아버지의 '은밀한 즐거움'을 공유하게 된 듯하다.

후반의 인생은 짧은 것 같아도 길다.

꼬박꼬박 모은 예금을 아껴가며 별 탈 없이 평안하게 지내는 것도 좋지만 능력에서 벗어나지 않는 범위라면 약간의 모험을 단행해보는 것도 두뇌체조에 좋을 듯하다.

연금으로 생활하며 '검소하게 분수에 맞는 소비생활을 영위'하는 것도 좋으나, 밖에 나가 몸을 움직이는 아르바이트를 하여 조금이라도 수입을 늘리면 생활에 활력이 깃들고 마음도 건강해지지 않을까?

꼬박꼬박 모아
현금주의

언젠가 카드회사에서 "카드 등급을 상향해드릴까 하는데요"라는 연락이
온 후로 '고액의 구매가 가능한 카드'가 도착했다.

사인만 하면 개인 전용기를 대여할 수 있고, 집도 살 수 있다는 한도가
없는 카드.

원래 카드로 쇼핑하는 걸 선호하지 않아서, 포인트가 쌓이거나 할인이
되는 백화점 카드나 호텔 멤버십카드 몇 장만 갖고 있다.

나는 그 카드를 그냥 방치했는데, 어느 날 유명 벤처기업의 젊은 사장이
텔레비전에 등장하더니 그 카드로 고가의 손목시계를 몇 개나 사고 전세기
에 젊은 여성을 태워 리조트로 떠나는 게 아닌가?

카드만 있으면 '고가의 상품'을 거리낌 없이 척척 살 수 있는 생활.

화폐 가치에 대한 실감이 없고 지갑 사정에 대한 걱정도 없으니 나도 모
르게 필요 없는 것까지 사게 될 듯했다. 더구나 한도가 없는 카드라니, 설사

억만장자가 된다 하더라도 원래 궁상맞은 성격인 나는 도저히 사용할 수 없을 것 같았다.

수입이 많다 해도 지금이 그렇다는 것이지 내일 일은 아무도 모르는 세상이 아닌가? 어떤 생활을 하게 되더라도 곤란하지 않을 '간소함'을 추구하고 싶은 내게는 '뭐든지 살 수 있는 카드' 따위 악마의 속삭임일 뿐이었다.

몇 년 후 그 사장은 사업에 실패하여 실형 판결을 받고 교도소에 수감되었다.

역시 뭐든지 살 수 있는 카드는 '악마의 속삭임'이었던가?

갖고 싶은 것은 시간을 들여 돈을 조금씩 모아 현금으로 산다.

카드 없이 살았던 옛날 사람들처럼.

시간이 지나면 '갖고 싶다, 사고 싶다'라는 마음이 사라지고, 대신 작은 재산과 '낭비하지 않는 습관'이 남을 것이다.

제**3**장   물건을 줄이는 습관

물건을 대하는 적절한 자세

사지 말고
산 셈 친다

60대 중반의 어느 부인 댁을 방문했을 때 주방과 현관 주변의 자투리 공간이 포장도 뜯지 않은 상품이 든 골판지상자와 종이가방으로 점령되어 있는 걸 보았다.

그에 대해 "나는 내키는 대로 충동구매를 해서 큰일이야"라고 설명하는 그녀.

하나하나는 그리 비싸지 않은 일용품이지만 모으면 제법 큰 금액일 것 같다.

젊었을 때부터 쇼핑을 좋아했던 그녀는 남편과 사별하고 혼자 생활하는 외로움을 쇼핑으로 달래고 있는지도 모른다.

현재 60대 후반에 들어선 단카이세대(제2차 세계대전 직후인 1947~49년에 태어난 일본의 베이비부머 - 옮긴이) 대부분이 고도경제성장기의 대량생산, 대량소비 시대를 살았기 때문에 다른 세대보다 물건에 대한 집착이 강하고 쇼핑을 좋아하는 사람이 많다.

은퇴하고 자녀양육도 끝났고 대출금 상환도 끝났을 세대다. 물론 연금으로 생활하는 것에 대한 불안감은 안고 있지만 자유로운 생활이 가능할 정도의 재산은 갖고 있다.

예전부터 갖고 싶었던 명품 가방 광고를 보면 '편하겠다' '귀엽다' '예쁘다' 하고 자꾸만 끌리니, 의류나 소품 등 크게 부담되지 않는 선에서 충동적으로 물건을 구매하게 된다.

이들에겐 이런저런 사기꾼들의 유혹도 심심치 않게 다가온다.

노년의 쓸쓸한 마음을 어떻게든 이용해보려고 달콤한 목소리로 말을 걸어오는 사람이 있다.

노인을 위로하기 위해 자원봉사를 하려는 게 아니라, 그들의 목적은 노인의 주머니 속에 든 돈(!)이다.

물건을 살 때는 기분도 좋고 앞으로 유용하게 쓸 것 같지만, 막상 집에 들고 오면 보관할 장소도 없고 사용할 기회도 잘 없다. 비슷한 물건이 이미 찬장이나 장롱 속에 잠들어 있기도 하고.

정말로 필요한 것이 아니니 포장도 뜯지 않고 방구석에 쌓아놓게 된다. 그걸 볼 때마다 '또 쓸데없는 걸 사버렸다'고 후회한다. 쇼핑으로 즐거웠던 마음이 순식간에 어두운 자책으로 검게 물든다.

장롱 안쪽에 넣어둔 채 기억에서 지워버리면, 본인이 죽은 후 귀찮은 쓰레기가 되어 남은 가족을 힘들게 한다.

누군가에겐 소중한 물건이었어도 그 사람이 없어지면 돈을 제외하곤 그냥 쓰레기일 뿐이다.

젊었을 때는 외로움이나 실연의 고통을 쇼핑으로 달래도 된다.

'필요 없는 것을 사버렸다'는 후회는 감수해야겠지만, 일시적으로는 스트레스가 해소된다.

그런데 나이가 들수록 쇼핑으로 허전한 마음을 메울 수 없다는 사실을 자각하게 되었다.

시간적으로 여유가 있는 건강한 고령자는 '갖고 싶으면 즉각 사기'보다 '사는 즐거움을 떠올리며 가게를 여기저기 둘러보는 것'은 어떨까?

운동부족 해소로도 연결되고, 시간을 두고 몇 번이나 보고 고민하는 동안 비슷한 물건이 집에 있었다거나 지금 당장은 필요 없다는 걸 인정하게 되거나 '사고 싶은 마음'이 어느 정도 사라지거나 한다.

나이를 먹을수록 충동구매는 자제한다.

정말로 갖고 싶다면 시간을 들여 신중하게 보고 고른다.

평소에 인도 쇼핑을 즐기면 유행이나 계절감, 적당한 가격에 대한 감각이 생기고 상품을 보는 안목이 길러져 내가 정말로 원하는 것을 적정한 가격에 살 수 있다.

나가는 게 귀찮다면 카탈로그나 광고를 보고 이건 어떨까 저건 어떨까 하며 상상의 나래를 펼쳐보는 것만으로도 즐겁다.

시간을 끌다가 원하는 물건이 없어진다면?

그럴 땐 '인연이 없었다'고 생각하고 깨끗이 포기한다.

'그 덕분에 물건이 늘지 않아 다행이야'라고 스스로 납득하고.

안 그래도 집에 물건이 넘쳐나니까.

불편함도
즐길 수 있다

세상에는 편리한 상품들이 널렸다.

여태까지 '있으면 좋겠다'고 생각하고 구입한 물건 대부분이 지금은 '불편한 물건'으로 변했다.

여태까지 숲속의 별장에서도 바닷가 작업실에서도 해외에서도 손에서 놓지 않고 애용하는 것이 있다면 100엔 숍에서 산 자그마한 필러와 커터 정도일까?

무나 당근 같은 채소를 채칠 때 편리한 아이디어 상품이다.

가늘게 썬 생야채는 드레싱만 대충 뿌리면 그럴 듯한 요리가 된다. 부족하기 쉬운 채소를 섭취하도록 도와주는 소중한 도구다.

나이가 들면 몸도 마음도 주방 일을 귀찮아한다.

그럴 때 하나로 다양하게 이용할 수 있는 도구를 사용하면 전용 도구보다 편리한 점이 많다.

도구가 많아질수록 수납공간도 손질할 시간도 필요해지니까.

기억력이 쇠퇴한 머리로 '어디 뒀더라?' 하고 찾는 시간도 아깝다.

찾아다닐 시간에 요리를 했다면 벌써 완성되었을 것이다.

틀림없이 있을 텐데 안 보이면 스트레스도 쌓인다.

분주하게 집안일을 하던 젊은 시절이라면 몰라도 지금은 최소한의 도구를 사용하여 하나하나 정성껏 요리를 즐기는 것도 좋다.

편리하진 않지만 옛날부터 써와서 익숙해진 도구를 이리저리 사용법을 궁리하며 쓰다보면 뇌 활성화에도 도움이 될 것 같다.

지금부터 심신의 기능이 떨어질 미래에 대비하여 일상생활 속에서 '되도록 머리와 신체를 사용하는 도구에 익숙해지자'라고 다짐했다.

요즘은 청소기를 돌리기보다 선물 받은 빗자루로 구석구석까지 신중하게 쓸어내곤 한다.

그러면 청소하는 기분도 들고 집도 마음도 더 말끔해지는 것 같아 즐겁다.

10분만 움직여도 땀이 나니 유산소운동 효과도 있을 것 같다.

앞서 언급한 100엔짜리 커터는 채소를 칼로 얇게 썬 후에 이용한다.

칼을 쓸 땐 손가락을 베지 않도록 주의를 기울여 힘 조절을 해야 하므로 뇌가 조금은 단련된다.

일주일에 한 번 정도는 외식을 하여 평범한 일상에 변화를 주면 뇌와 마음이 기뻐한다.

평소에는 찌개 같은 요리를 직접 하면서 소금이나 설탕 양을 조절하며 맛을 보는 것만으로 뇌가 훈련된다.

작은 일을 하더라도 몸을 움직일 수 있는 동안에는 일상의 '편리함'에 매몰되지 말고 손과 다리와 머리를 충분히 써서 뇌를 활용하도록 노력하는 것도 중요하다고 생각한다.

물건에 주소를
정해두면 안심이 된다

늘 물건을 찾고 있는 노인은 왠지 비참해 보인다. 그러지 않기 위해 나는 물건에 '주소'를 정해둔다.

눈에 안 보이면 같은 물건을 몇 개나 사게 되는데 주소를 정해두면 불필요한 물건이 늘지 않는 이점도 있다.

'물건을 두는 장소를 정해놓는다.'

'사용하면 반드시 원래 있던 곳에 둔다.'

이걸 습관화하는 데에 꽤 시간이 걸렸지만 불가능한 건 아니다.

예를 들어 스테이플러나 클립 같은 문구류는 서재 책상 서랍이나 현관 홀 한쪽 구석에 둔 선반 서랍에 넣어두고 언제든 꺼내쓰기 편리하도록 보관했다.

내가 자주 사용하는 경우를 상상하고, 그 장소 가까이에 보관한 것이다.

말하자면, 그 물건에게 '주소'를 부여한 셈.

손톱깎이는 목욕을 한 후 편안히 쉬면서 사용하므로 침대 옆 서랍에 넣어둔다.

저마다 생활 스타일이 다르므로 세면대나 서재, 화장대 서랍에 보관할 수도 있을 듯하다. 내가 자주 이용하는 장소를 생각하여 그곳에 수납하는 게 제일이다.

보관 장소를 기억하고 있으면 물건을 찾는 수고와 시간을 절약할 수 있고, 필요할 때 눈에 띄지 않아 초조해질 일도 없다.

'무엇이 어디에 있다'는 지식은 가족 전원이 공유하도록 한다.

우리 집에서는 차 키와 현관 열쇠, 세콤 키, 숲속과 바닷가 별장 열쇠를 누구나 아는 장소에 보관하고 있다.

현관의 작은 선반 위에 있는 도기 접시가 열쇠들의 주소다.

'외출했네'라거나 '키를 안 갖고 갔구나' 하고 접시 위를 보면 한눈에 가족의 동향을 파악할 수 있다.

물건의 '주소'를 정했으면 옆에 남는 공간이 있다 해도 정해둔 물건 외의 '불법침입'은 절대 허용하지 않는다.

고령화에 따른 건망증으로 '뭘 찾고 있었더라?' 하고 자주 깜빡깜빡하기 전에 물건은 '주로 사용하는 장소'에 두고 반드시 '원위치'에 되돌려놓는다.

이런 습관을 미리 만들어놓으면 건망증 때문에 받는 스트레스에서 해방되고 물건도 필요 이상으로 늘지 않고 주거 공간을 산뜻하고 편리하게 유지할 수 있다.

집안에 물건이 넘쳐나 곤란해 하는 사람이 많다.

일본의 경우 집 한 채에 2만 개 이상의 물건이 있다는 조사 결과까지 있다.

"어떻게 하면 집이 깔끔해질까요?"

이런 내용의 상담 편지나 전화, 메일이 자주 온다.

"물건을 버리세요"라고 대답하긴 쉽고, 그러면 고민은 즉시 해결될 것처럼 보인다.

하지만 시키는 대로 물건을 전부 버렸더니 마음이 허전하여 오히려 우울해졌다는 사람도 많다.

그만큼 물건과 그 물건을 소유했던 사람의 마음과의 관계는 생각 외로 깊다.

인디 개 살아내 들이오 물건에는 특별한 감정과 추억이 깃들게 되니 처분하는 것이 그리 간단하지만은 않다.

'아깝다.'

이런 마음으로 물건을 소중히 여기며 검소하게 생활하면 에너지 절약으로도 연결되고 왜 그런지 가슴이 훈훈해진다.

그러나 '아깝다'고 생각하여 꽉 찬 공간에 억지로 수납하거나 사용하지도 않으면서 '언젠가는 쓰겠지' 하고 처분하지 않으면 집안에 물건이 쌓여버린다.

쓸 일이 없는 증정품이나 사은품, 고장 난 시계나 전자제품 따위가 집안에 비좁게 들어앉아 있으면 구석구석까지 청소하기 어렵다.

결국 위생적이지 못한 먼지투성이 쓰레기 집이 될 테고, 화재나 지진이라도 발생하면 더 위험해진다.

'아깝다'고 생각한다면 지금 있는 물건을 정성껏 손질해가며 사용하면 되는 것이지, 불필요한 물건을 끌어안는다고 해결될 문제는 아니다.

또 새로 물건을 하나 샀으면 반드시 뭔가 한 가지를 버릴 각오를 하는 게 좋다.

충동구매를 절대 해선
안 되는 가구와 신발

나이가 들면서 조금 사그라지긴 했지만 쇼핑을 무척 좋아하는 편이다.

지금은 '되도록' 충동구매를 하지 않을 것과 '절대' 하지 않을 것을 정해 두었다.

쇼핑은 절대 하지 않겠다는 결심은 아마 지키지 못하리라. 이 나이에 참느라 스트레스 받을 필요는 없으니까.

백화점 지하 매장에 갈 때는 구입할 목록을 미리 정해놓아야 불필요한 것까지 사지 않게 된다. 배가 고프면 이것도 저것도 먹고 싶어지므로 과자 같은 간단한 간식으로 요기를 하고 외출한다.

그만큼 만반의 준비를 하고 나가도 제철 버섯이나 좋아하는 과일이 예쁘게 진열되어 있으면 지갑 사정만 확인하고 바로 장바구니에 넣어버리는 경우도 많다.

'되도록' 불필요한 것은 사지 않지만 가끔은 계획한 목록에 없는 식품에 눈이 머는 나 자신을 용서해준다.

'절대' 충동구매를 하지 않는 물품은 가구와 신발이다.

가구를 살 때는 반드시 놓아둘 장소를 결정한 후 여러 가지로 공간의 균형미를 따져보며 소재나 크기, 디자인을 정하는 등 독일인 못지않게 몇 개월이나 뜸을 들인다.

가격이 싸다는 이유로 덥석 사지는 않는다.

목재가구는 비가 오거나 흐린 날 구입하는 게 좋다.

습기의 영향을 받기 쉬운 목재가구의 특성은 습도가 높은 날에 잘 파악할 수 있기 때문이다.

어느 해인가 건조한 여름날 오후에 목재가구를 샀는데 이듬해 장마철에 습기를 머금어 서랍이 잘 열리지 않았던 경험으로부터 배웠다.

구입할 때 서랍이나 문이 부드럽게 열리는지 반드시 점검해야 한다.

가구 제작 베테랑에 의하면 '서랍을 세게 열었을 때 다른 서랍들이 조금 움직이는 정도가 딱 좋다'고 한다.

역시 나이가 들어서 그런지 처분하고 싶은 건 있어도 꼭 사고 싶은 가구는 거의 없다.

그래도 이따금 '이런 게 여기 있으면 좋겠다' 싶은 가구가 생긴다.

사고 싶었던 가구가 있어도 이리저리 생각하다보면 서서히 욕구가 식고 '앞으로 몇 년이나 쓸까?' 하고 계산기를 두드리다보면 깨끗이 포기하게 된다.

구두는 젊을 때부터 '절대' 충동구매하지 않았다.

지금도 새 신을 살 때는 반드시 버릴 신발을 정해둔다.

사는 시간대는 반드시 저녁 시간이다.

저녁이 되면 발이 붓기 때문에 그때 사야 자기 발에 맞는 신발을 고를 수 있다.

새 신을 신을 때는 굽 안쪽에 향기 좋은 고형 비누를 바른다.

신발에 쓸려 뒤꿈치가 까질 염려도 없고 비누 향기가 발 냄새를 없애주는 효과도 있어 일석이조다.

신발은 되도록 발이 편한 좋은 것으로 오래오래 소중히 신는다.

독일인은 구두와 승용차로 그 사람의 형편이나 살림살이를 판단한다고 한다.

손질이 잘된 고급 가죽구두를 신고 있으면 그 사람의 품위 있는 생활이

상상되는 모양이다.

그들은 승용차도 열심히 닦고 광을 낸다.

구두는 5년에 한 번 정도를 기준으로 바꾸기로 했다.

내 발에 잘 맞는 구두는 아껴줘야 하므로 그날 신은 구두는 반드시 하룻밤 쉬게 하면서 내부에 남아 있는 습기를 충분히 건조시킨다.

사람과 마찬가지로 가죽도 호흡하는 생물이다.

정성껏 돌보고 손질하면 오래간다.

매일 같은 구두를 신으면 가죽도 기력이 쇠하기 쉽고 표면에 먼지나 얼룩이 묻어 공기가 통하지 않으므로 품질이 떨어질 수 있다.

구두 상자에 보관할 때는 얼룩이 묻지 않았는지 점검하고 표면을 깨끗이 닦아둔다.

'하루 신었으면 이틀은 휴식'이 원칙이다. 매일 외출하는 사람이라 해도 세 켤레나 네 켤레 정도 가지고 있으면 충분하다.

거기에 장례식이나 제사에 참석할 때 신을 검정 구두가 있으면 된다.

이 정도를 기본으로 다섯 켤레를 더 살지 열 켤레를 더 살지는 수납공간이나 라이프스타일을 조율해가며 판단한다.

독일에 살던 시절에 같은 주택에 거주했던 70대 후반의 부부와 친하게 지냈다. 특히 부인인 오즈라 씨에게 독일인의 생활방식에 대해 여러 가지로 많이 배웠다.

어느 날 오후에 차 마시러 오라고 초대받고 집안 구석구석까지 안내받았는데, 연륜이 쌓인 노부부의 살림이라기엔 고급 가구나 카펫 말고는 여분의 물건이 없었다.

찬장이나 옷장 속의 물건이 일정한 간격으로 가지런히 수납되어 있는데, 겉으로 보기에는 60%에서 70% 정도만 안을 채운 느낌이랄까? 물건 사이에 5센티 정도의 빈 공간이 있어 무엇이 얼마만큼 있는지 일목요연하게 보였다.

통풍도 잘 될 테니 옷을 오래 보관해도 문제없을 듯했다.

문득 옷이랑 물건들로 넘쳐나는 도쿄의 내 방 옷장이 떠올랐다. 깊은 한숨이 나왔다.

세탁소에서 찾아와 바쁘다는 핑계로 꼬리표를 그대로 붙여둔 채 옷장
속에 걸어놓은 재킷이랑 코트…….

깔끔하게 정돈된 오즈라 씨의 옷장에 비하면 내 방은 그야말로 옷으로
꽉 찬 '열대 정글'이었다.

그녀는 잘 정리된 훌륭한 옷장 서랍 안을 자랑스러운 듯 보여주며 나를
일깨웠다.

'수납장은 고분고분한 하인'이라 얼마든지 '네네' 하고 받아주지만 그렇
다고 모조리 다 맡겨선 안 된다고.

그녀의 옷장이나 서랍장에 보관된 의류는 모두 딱 지금 필요한 것들로
만 구성되어 있었다. 마음에 들어 즐겨 입는 옷들로만.

옷장이나 서랍장을 열 때마다 '오늘은 상의와 하의를 어떻게 맞춰 입을
까?' 하고 고르는 시간이 얼마나 즐거운데, 하고 그녀가 말했다.

그 시간을 위해서라도 옷장을 열면 바로 보이도록 충분한 여분 공간을
두고 의류를 보관한다고 했다.

일본에도 '장롱의 거름'이라는 말이 있는데, 불필요한 옷 따위를 버리지

못하고 보관해두는 습관을 빗댄 표현이다.

좋은 옷, 마음에 드는 옷, 잘 어울리는 옷은 손질해가며 오래오래 입는 것이 현명하다.

하지만 '언젠가 입을 때가 있겠지'라며 보관하는 옷은 아무리 기다려도 차례가 돌아오지 않는다. 방치된 상태는 옷을 위해서도 나를 위해서도 좋지 않다.

마음에 들어 자주 입는 옷, 입어서 잘 어울리는 옷, 늘 손질하여 청결한 옷, 유행을 타지 않는 고급 소재로 만든 옷, 다른 옷과 맞춰 입기 쉬운 옷.

잘 정리된 옷장은 의류도 오래가고, 어느 옷을 선택하더라도 마음이 만족스럽다.

노년을 맞이한 지금 드는 생각은 젊었을 때라면 몰라도 앞으로 남은 한정된 나날을 헤아리면 입을 수 있는 옷의 가짓수는 뻔하다는 거다.

실제로 몇 벌만 있으면 돌아가며 충분히 입을 수 있다.

몇 년 동안 꺼내지 않은 옷은 통풍이 잘 되지 않은 상태여서 곰팡이나 진드기가 발생하기 쉽고 위생적이지 않다. 막상 입으려고 하면 유행이 지난 것 같고, 고쳐 입으려고 하면 돈과 노력이 든다.

지금은 독일의 이웃 노부부의 깔끔하게 정돈된 옷장을 떠올리며 '하루에 하나씩' 필요 없는 의류나 물건을 부지런히 처분하고 있다.

'하나 사면 두 개 처분'하는 방식도 이상적이다.

창문을 열어 환기를 하는 것처럼 옷장 안의 공기도 순환시켜 신진대사를 돕는 것도 중요하다.

슬슬 바닥이 나려고 하는 노년의 지혜를 짜내어 한정된 의류를 이리저리 조합해가며 멋을 내보는 것도 즐겁다.

현재의 나에게 딱 맞는 의류만 남겨도 좋지만, 젊었을 때 즐겨 입다가 줄곧 소중히 간직해온 옷도 몇 벌은 있을 듯하다.

정이 들어 도저히 버리기 힘든 화려한 실크 원피스라면 집에 손님을 불러 와인이나 차를 마실 기회가 있을 때 입으면 된다.

예전에 독일의 이웃 오즈라 부인이 그랬던 것처럼.

그렇게 가끔 꺼내 입다보면 언젠가는 아깝다는 생각 없이 처분할 수 있을 듯하다.

옷을 처분하는 게 망설여진다면 시간이 있을 때 전신을 비춰주는 큰 거울 앞에서 혼자 패션쇼를 해본다.

모델처럼 옷을 갈아입으며 거울 앞에 서는 작업을 반복하는 동안에 피로감과 함께 노화에 따른 체형 변화를 자각하고 80%의 옷은 버리고 싶어질 게 틀림없다.

의류를 처분하는 일은 과거의 나 자신과의 싸움이기도 하다.

정보를
모으지 않는 습관

돈은 어느 정도 모이면 생활에 도움이 되고 안심도 된다.

그러나 정보는 모아둬도 시간이 지나면 시대에 뒤떨어진 내용이기 십상이고 막상 써먹으려 할 때 도움이 되기는커녕 오히려 방해가 되는 경우가 많다.

신문, 주간지, 잡지, 책, 우편물, 매일같이 우편함에 쌓이는 소식지.

좀처럼 쌓이지 않는 돈과 달리 자칫 방심하면 금세 집안 구석구석에 쌓이고 어느새 '쓰레기 산'을 이루어 온 방안을 점령해버리니 나중에는 도무지 손을 쓸 도리가 없다.

그러니 평소에 '바로 처분하는 습관'을 지니도록 한다.

신문은 읽으면 바로 종이봉투에 넣고 일주일에 한 번 돌아오는 쓰레기 수거일에 내놓는다.

정기 구독하는 주간지도 그때 함께 처분한다.

읽고 싶은 주간지 기사가 있다면 산책 겸 근처 편의점에 나가 서서 읽기로 한다. 월간지는 매월 다음 호가 나오면 처분한다.

신문이나 잡지 등의 정보는 읽으면 바로 처분하는 것을 기본으로 하고, 관심 있는 내용이 있다면 메모한다.

요즘은 굳이 오려서 스크랩할 필요도 없다. 인터넷에서 찾으면 바로 읽을 수 있으니까.

책은 기본적으로 단행본보다 문고본을 선택한다.

가벼워서 여행 갈 때도 들고 다니기 편하다. 다 읽으면 호텔에 그대로 두거나 처분해버린다.

주말에는 여유가 있으면 도쿄를 떠나는데, 집을 비운 그 며칠 동안 우편함에 많은 양의 우편물이 도착해 있다. 거의 대부분 전단지와 소식지다.

우편함에 산더미처럼 쌓인 우편물을 꺼내어 그중에서 중요한 것만 고르고 필요 없는 것은 바로 처분한다.

처음에는 외출하고 돌아온 직후라 피곤하고 귀찮았지만, 그래도 귀가하자마자 "웃샤!" 하고 기합을 넣고 정리하다보니 어느덧 귀가 후의 습관이 되었다.

평소에는 저녁 시간에 우편물을 꺼내 내용을 확인하고 불필요한 것은 바로 처분한다. 양치질하는 습관처럼 하루 일과 중 하나로 정해두면 기분도 개운하고 쓰레기도 쌓이지 않는다.

이메일의 경우도 바로 답을 보내고 불필요한 것은 삭제하고 휴지통에 쌓인 메일은 2~3일마다 비운다.

시간이 있으나 없으나 평소에 '바로 하는 습관'이 인생의 마지막까지 개운한 나날을 보내도록 도와줄 것이다.

선물한다면
상대가 기뻐할 만한 것을

어떤 집이라도 집안을 둘러보면 필요 없거나 없어도 곤란하지 않은 물건이 반드시 있다.

내가 처분하지 못하는 건 무엇 때문일까?

곰곰이 생각해볼 필요가 있다.

'비쌌기 때문에' '품질이 좋아서' '희귀한 아이템이어서' '추억 때문에' '아까워서'…….

필요 없는 물건을 모조리 처분해버리면 집안이 얼마나 깔끔하고 쾌적해질까?

누구나 잘 알지만 물건에 대한 '미련'이나 '정' '아까운 마음' 때문에 버리겠다는 결심이 서기 쉽지 않다.

물건을 처분하는 과정은 내 마음과의 '갈등'이자 '싸움'이니까.

형태 있는 물건은 시간이 흐를수록 변형되기 마련이니 가치를 원래 가격대로 평가받긴 힘들다.

과거에 비쌌다 해도 그림이나 와인, 보석처럼 값진 물건이 아니라면 시간과 함께 가격은 떨어진다.

물건의 가치는 내가 아니라 타인이 정하는 것이니까.

품질이 좋은 물건일수록 손질을 하지 않으면 쉽게 쓸 수 없는 물건으로 변질된다.

옛날에는 희귀했던 물건이 지금은 어디에서나 볼 수 있을 정도로 흔해졌는지도 모르고.

'추억'이 깃든 물건이라도 상대가 없어지면 추억도 조금씩 옅어지게 마련이다.

불필요한 물건을 처분하려면 재활용센터에 가지고 가거나 쓰레기로 버리거나 둘 중 하나다.

버리기 아까운 물건이라면 다른 사람에게 양도하는 방법도 있다.

'그 사람이라면 소중히 간직해줄 거야'라는 기대감을 갖고 떠나보낸다

돌아가신 엄마는 생전에 신세를 많이 졌던 시조카들 앞에 보석을 나란히 놓고 "마음에 드는 걸로 골라가렴" 하면서 제법 값이 나가는 반지와 목걸이를 줬다고 한다.

나는 이 사실을 엄마가 돌아가시고 난 후에 알았다. 멋쟁이에 보석 좋아하기로 유명한 엄마가 여든이 넘은 나이였다고는 하지만 아직 건강할 때인데 충분히 이용 가치가 있는 고가의 보석을 나의 사촌들에게 아낌없이 줬다는 사실에 조금 놀랐다.

당신에게 필요 없는 것이 아닌, 상대가 기뻐할만한 가치 있는 물건을 골라 '나는 이제 하고 나갈 일도 별로 없으니'라며 가까이 사는 시조카들에게 감사하는 마음을 담아 선물한 것이리라.

덕분에 엄마의 유품 속에 그토록 많았던 고가의 보석이나 기모노, 모피는 거의 보이지 않았고, 친정집 정리도 쓰레기 처리만으로 간단히 끝낼 수 있었다.

소품은
모아서 수납

영국에 살던 시절, 이웃에게 차를 마시러 오라고 초대받고 주방이나 거실을 천천히 구경할 기회가 있었다.

독일에 비하면 약간 청소가 덜 된 느낌이었지만, 그래도 당시의 우리 집에 비하면 테이블 주변이 깔끔했다.

독일인도 영국인도 식사시간 외에는 식탁에 음식을 두지 않았다.

테이블 중앙에 싱싱한 생화나 작은 소품이 놓여 있을 뿐이었다.

여분의 물건을 두지 않으니 보기에도 산뜻하고 식탁보만 깔면 차 마실 준비가 되었다.

여유롭게 '오늘 식탁보는 어떤 걸로 할까?' 하면서 테이블 세팅을 이리저리 고민하는 즐거움이 저절로 생길 듯했다.

자칫 방심하다간 테이블 위가 먹을 것으로 넘쳐난다.

일본인의 식탁에는 식사시간도 아닌데 과자류나 조미료, 먹다 남은 음식이 비좁게 놓여 있다.

지금은 옛날과 달리 주방과 식사하는 공간이 따로 독립된 구조가 많은 탓인지도 모른다.

내가 어릴 때만 해도 먹는 곳과 자는 곳, 담소를 나누는 곳이 분리되어 있지 않았으니, 식사가 끝나면 냉큼 상다리를 접어 방을 넓게 만들어야 했다.

나는 귀국하자마자 테이블을 정리하고 싶은 욕구에 휩싸여, 식사시간에 이용하는 조미료나 냅킨, 차 마실 때 필요한 설탕이나 크림 따위를 목적에 따라 자그마한 바구니에 모아서 넣었다.

필요할 때마다 바구니째 테이블 위에 꺼내놓고, 식사시간이나 티타임이 끝나면 그대로 냉장고에 넣거나 주방의 찬장이나 서랍에 보관했다.

숲속이나 바닷가 별장, 또는 어디에서 지내든 이 방법을 쓰면 테이블이 늘 정리되어 산뜻함을 유지할 수 있었다.

주방의 조리기구도 큼직한 유리 꽃병에 마치 꽃처럼 꽂아두고 언제든 사용할 수 있도록 하면 예쁘고도 편리하다.

영국의 어느 조사 기관이 작성한 보고서에 의하면 '식탁에 늘 음식이 놓여 있는 가정의 구성원은 대체로 비만'이라고 한다.

음식이 옆에 있으면 쉽게 손이 가고 바로 입에 넣을 수 있으니까.

그러고 보니 우리 집에서도 음식을 식탁에서 모조리 치우고 난 후에 집도 몸도 슬림해진 것 같다.

여행
선물

여행지에서 사는 것이라면 그림엽서나 작은 접시나 작은 장식품, 또는 초콜릿 같은 과자류 정도.

그림엽서는 아마추어가 찍은 사진보다 아름답다. 지인에게 선물하기에도 좋고 여행의 추억으로도 연결된다.

아름다운 경치를 만났을 때 사진을 찍어 지인에게 보내거나 적당한 앵글을 찾는 시간이 아깝지 않은가?

눈으로 직접 본 풍광을 눈과 마음에 선명하게 남기고 싶어 나는 사진을 찍는 대신 그림엽서를 산다.

그리고 때때로 과자나 초콜릿 등을 사기도 한다. 과자류는 먹으면 없어지니 물건이 늘어날 걱정이 없기 때문이다.

작은 접시나 장식품은 집에 전용 선반이 있기 때문에 그곳에 진열하거나, 접시 바닥면에 고리가 달려 있다면 벽에 걸어둔다.

비누 접시 대용으로 세면대에 놓아두기도 하고, 열쇠를 담아두는 용도로 현관에 두면 실용성을 겸한 인테리어 소품이 된다.

뭔가를 살 때는 '어떻게 사용할 것인가' '어디에 둘 것인가'를 먼저 생각한다.

마음에 드는 물건을 구입하여 오래오래 두고 정성껏 손질하면 멋진 연륜이 쌓인 '나만의 골동품'이 된다.

수십 년 전 에게해 크루즈를 하며 작은 섬의 평범한 기념품 가게에 들렀을 때, 철로 된 말 장식품이 마음에 쏙 들어 구입했다.

철로 만든 물건이라고 해도 크기가 작아서 한손으로도 들 수 있을 정도의 무게였다.

가격은 천 엔도 안 되는 저렴한 물건이었지만 먼지를 닦고 가끔씩 손질을 해주니 어느새 황금색으로 빛나는 고귀한 말이 되었다.

현관 선반 위에 두었더니 방문하는 손님마다 주의깊게 보고 "멋진 장식품이네요." 하고 칭찬한다. "에게해에서 공수해온 거예요."라고 하면 다들 한숨을 내쉬며 묻는다. "비싼 거죠?"라고…….

겉치레 인사라는 걸 알면서도 손님의 반응에 기분이 좋아진 나는 '얼마에 샀는지 가르쳐줄까 말까' 하고 늘 망설인다.

내 인생의 좋은 날도 나쁜 날도 돈과 바꿀 수 없는 귀중한 시간이었으니 내게는 모든 날이 소중한 '여행 선물'인 셈이다.

물건이 많으면
시간을 낭비하게 된다

내가 관리할 수 있는 범위를 넘어선 물건은 한정된 나의 소중한 시간을 낭비하게끔 만든다.

특히 동작이 느린 고령자는 주변에 쓸데없는 물건이 많을수록 일상생활에서 위험에 처할 가능성이 높아진다.

난삽하게 널려 있는 물건에 걸려 넘어지거나, 경우에 따라서는 벽에 머리를 부딪쳐 크게 다칠 수도 있다.

또 당장 사용하고 싶은 물건이 눈에 띄지 않아 여기저기 찾는 동안 시간이 걸리고, 외출이 늦어지면 마음이 초조해져 더욱 피로해진다.

물건이 많으면 청소할 때도 성가시다.

하나하나 치우면서 쓸고 닦아야 하기 때문이다. 어쩌면 '청소 기피증'의 원인이 될지도 모른다.

물건이 너저분하게 널려 있는 방은 청소하기도 귀찮지만 치워두 깨끗혜 보이지 않는다.

즉, 청소 효과가 크지 않으니 효율이 나쁜 셈이다.

청소를 해도 말끔해지지 않으니 짜증이 나고 '고생한 보람이 없다'는 생각에 즐거워야 할 노후의 일상이 답답해진다.

마치 '계속 굴러 떨어지는 바위를 끊임없이 산꼭대기까지 밀어 올려야 하는 벌'을 받은 그리스 신화의 시지프스처럼…….

그렇다면 이 귀중하고도 한정된 시간을 낭비하지 않고 몸도 마음도 쾌적하게 지내려면 어떻게 해야 할까?

필요한 물건이 바로 손에 닿는 곳에 있을 것.

소유물은 내가 관리할 수 있는 범위로 한정할 것.

이 두 가지만 명심하고 수납공간의 60% 내에 물건을 보관하면 물건 때문에 희생하는 시간도 줄고 물건과 시간을 효율적으로 이용할 수 있다.

그러면 늘 여유롭고 쾌적하게 생활할 수 있을 것이다.

물건에 대한
'욕구'는 일단 식히고 나서

나는 어떤 물건을 '갖고 싶은 마음'이 일단 불붙으면 꺼뜨리는 데에 고생하는 타입이었다.

나이 든 지금은 '물건을 늘리고 싶지 않다. 오히려 조금은 줄여나가며 살고 싶다'라는 생각이 강해서 물욕과는 점점 인연이 멀어지고 있다.

만약 '갖고 싶다'라고 생각했어도 바로 그 물건을 사거나 집안에 들이거나 하지는 않는다.

아주 작은 것이라 해도 지금 당장 필요하지 않은 것이라면, 예를 들어 액세서리 같은 것은 사지 않기로 했다.

싸게 주고 산 것들을 포함하여 지금 가지고 있는 액세서리를 다 펼쳐보면 과연 앞으로 하고 나갈 기회가 있을까 싶기도 하고.

내 나이를 생각하면 사고 싶은 마음이 식는다.

팔고 싶어 하는 점원에게 "예쁘네요"라는 인사를 남기고 '보는 것만' 즐긴 후 일단 그 자리를 떠나 '집에 비슷한 게 있을 것 같지?' 하고 나 자신에게 묻는다.

스타벅스에서 커피를 마시는 동안에 그것과 비슷한 물건이 집에 잠들어 있다는 사실이 떠오르면 귀가하여 다시 점검해보고 더 이상 어울리지 않는 것들은 처분한다.

나이를 먹을수록 그 나이만큼 집에 잠들어 있는 보물도 많을 것이다.

몇 살이든 '갖고 싶은 것'은 생긴다.

그럴 때는 일단 다른 곳으로 관심을 옮기고 마음을 진정시킨다.

하룻밤 자고 나서 다음 날 아침에 '정말로 필요한가?'를 다시금 곰곰이 생각해본다.

'언제 어디에 사용할 것인가' '어디에 보관할 것인가'를 묻는 동안, '갖고 싶다'고 생각한 것에 대한 욕구는 대부분 어딘가로 사라진다.

뭔가를 갖고 싶고 사고 싶어졌을 때 '자제'하기 위해 스스로 정한 규칙을 떠올리면 마음의 갈등에서 대부분 벗어날 수 있다.

지금 필요하지 않은 것은 분명 미래에도 마찬가지일 테니, 그 물건의 차

레는 영원히 오지 않으리라.

나이만큼 주변이 많은 물건들로 가득할 테니까.

몇 번이나 정성껏 사용한다, 3R의 정신

몇 년 전에 와카야마 특산품인 고급 종려비를 선물 받았다.

청소기 꺼내기가 귀찮을 때 간단히 사용할 수 있어 편리하게 쓰는 사이에 어느덧 내 손에 딱 맞는 도구로 자리 잡았다.

'잘 쓸리는 건 새 빗자루이지만 구석구석까지 알고 있는 건 오래된 빗자루이다.'

독일에 이런 내용의 속담이 있는데, 연륜이 쌓인 나의 종려비를 사용할 때마다 그 속담에 수긍하며 쓴웃음을 짓곤 한다.

역시 손에 맞아 친숙한 도구는 사용하기 편하고 애착도 간다.

나보다 빗자루가 내 집 구석구석까지 알고 있을 것 같다.

가까운 장래에 더 나이가 들어 몸이 약해져도 손에 익숙하고 가벼워 오래오래 편하게 쓸 수 있으리라.

청소 도구도 몇 종류나 가지고 있기보다 내게 딱 맞는 양질의 도구를 손질해가며 쓰도록 한다.

옛날 일본인이 추구해온 풍요로운 생활은 바로 이런 모습이었다.

되도록 쓰레기를 만들지 않는 3R의 생활을 추구하려 한다.

쓰레기를 줄이고(Reduce), 쓸 수 있는 물건은 몇 번이나 반복해서 사용하고(Reuse), 다른 형태로 바꿔 활용한다(Recycle).

독일에서는 페트병이나 유리병을 세척하여 몇 번이나 다시 사용하는 'Reuse'가 보편적인데, 일본에서는 'Recycle', 즉 회수하여 다른 물건으로 변신시켜 사용하는 경우가 많다.

독일에서는 파손될 때까지 반복적으로 세척만 하여 사용하므로 돈도 에너지도 절약될 것 같다.

일본에도 맥주병 같은 빈 병을 회수하여 재사용하는 절약 정신이 당연했던 시절이 있었다.

오래고도 새로운 생활 속 3R의 지혜.

개인의 생활에 단단히 뿌리 내리면 물건은 줄고 자원은 풍부해질 것 같다.

마음을
울리는 것

15년간 우리 가족이었던 강아지 동키가 몇 년 전 영원한 여행을 떠났을 때 모든 게 공허하고 허무해지고 슬픔으로 가슴이 짓눌릴 것 같았다.

이른바 '펫로스 증후군'이었다.

서로 개를 산책시키면서 친해진 이웃도 '마음이 허전하다'며 함께 눈물을 흘려주었다. 애견가의 마음은 애견가만 알 수 있다.

분명 미래의 자신이 느끼게 될 슬픔을 상상하면서 눈물지은 것이리라.

시간이 모든 것을 해결해준다는 말이 있다.

그만큼 깊었던 '펫로스'의 상처도 시간이 흐름에 따라 조금씩 아물었다. 배를 드러내놓고 낮잠 자던 소파, 장난으로 꽉꽉 깨물어대던 의자 등, 동키가 남긴 흔적이 그리운 추억으로 변해가던 무렵의 어느 날.

볼일이 있어 들른 백화점에서 동키와 쏙 빼닮은 래브라도의 실물 크기 강아지 인형을 발견하고 말았다.

미국산 수입품이라 가격도 싸지 않았다.

앉은 모습도 생전의 동키처럼 책상다리를 하고 있는 게 아닌가.

게다가 수컷이었다. 머리를 쓰다듬으면 고양이처럼 내게 몸을 기댈 것 같은 느낌.

당장 데려가고 싶은 충동에 휩싸였지만, 잠깐! '지금 필요해?' '이렇게 큰 걸 어디에 둬?' '없어도 되잖아' '너무 비싸!' 등등의 '내가 정한 규칙'이 주마등처럼 머리를 스쳐지나갔다.

'거실에 두는 인테리어 소품은 장소를 공유하는 가족과 의논한 후 구매를 결정한다'고 약속한 바도 있고.

냉각기간을 두자고 생각하고 일단 돌아갔지만 며칠이 지나도 계속 눈에 어른거렸다.

500엔짜리 동전만 모은 저금통을 뒤집어보니, 살 수 있겠다!

한동안 외식을 자제하고 한동안 아무것도 하지 않으리라.

사지 않아야 할 이유가 아니라 사도 되는 이유를 열심히 생각해내어, 결국 개 장식품을 손에 넣고야 말았다.

이성적인 판단은 내 마음의 일부를 차지했던 존재를 당해낼 수 없었다.

하지만 아마도 나의 생활에 여유와 희망을 선사해줄 것이라 믿는다.

마침내 우리 집 구성원이 된 개 장식물.

생물이 아니니 '멍멍' 하고 울진 않지만 매일 머리를 쓰다듬는 동안 '개를 길러볼까 말까' 하는 망설임은 깨끗이 날아가고 귀가 시간이 기다려지고 생활에 활기가 돌기 시작했다.

이렇듯 '없어도 되는 것'이라도 '마음에게 필요한 것'이라면 돈이나 규칙도 당할 수 없는 경우가 있다.

'일점호화주의'를 추구하는 삶

앞으로 살 날이 짧은 노인이 말하는 '절약'만큼 쓸쓸하고 우울한 단어도 없다.

연금으로 생활하면서 얼마 남지 않은 저금으로 최대한 버티기 위해 쓸데없는 지출을 억제하는 현실이라 해도 마음까지 가난해선 안 된다. 스스로 인생을 허무하게 만들고 한숨지을 필요가 있겠는가?

아무리 돈이 없어도 가끔씩 '생활에 변화'를 줄 수는 있다.

정년 후 '오늘부터 절약을 생활화하고 절대 쓸데없는 지출을 하지 않겠다!'라고 마음을 단단히 먹어도, 앞으로의 인생은 짧은 듯하지만 길다.

과거의 생활을 재검토하고 간소화하는 건 좋지만 단순히 근검절약하는 생활로는 '여태까지 내 인생은 뭐였나'라는 탄식에서 자유로울 수 없다.

인생은 짧기에 노후를 충실하게 보내야 하고, 인생은 길기에 지치지 않게끔 숨을 골라야 한다.

우리 집 근처 고가다리 밑에 노숙자 아저씨 두 명이 살고 있다. 조용한 주택가라서 이웃들의 시선이 따갑기도 하고 가끔 신고가 들어오는지 경찰이 찾아가 퇴거를 재촉하는데, 그러면 잠시 떠났다가 곧 종이봉투 몇 개를 짊어 지고 다시 돌아온다. '딱히 해를 끼치는 것도 아니니 괜찮지 않나'라고 생각 하지만 '환경이 나빠진다'며 싫어하는 사람도 많을 것이다.

노숙자 아저씨들도 신경이 쓰였는지 이따금 주변을 빗자루로 깨끗이 청 소한다.

"그 사람들, 우리보다 부자야"라는 말을 이웃 할아버지한테 듣고 눈여겨 보니, 놀랍게도 자그마한 빈 병에 들꽃을 꽂아두고 그 옆에서 편의점 도시락 을 먹고 있는 것이다. 고급 마쿠노우치 도시락이었다. 샐러드와 뜨거운 김이 나는 컵 된장국까지. 게다가 차가 담긴 머그컵은 도자기다.

이 얼마나 여유롭고도 우아한 식사 타임인가!

정신없이 보며 감탄하던 어느 순간, 훌륭한 지붕 아래에서 분주하게 식 사를 해치우는 사람들의 모습이 머리를 스쳤다.

어디에 살든 이 노숙자 아저씨에게도 지키고 싶은 것이 있다는 뜻이다.

복장도 검소하지만 나름대로 청결하게 입고, 자기만의 식탁을 연출할 줄 도 안다.

'일점호화(일반적으로 저렴한 것을 선호하지만 자신이 좋아하는 어느 한 가지에 아낌없이 돈을 쓰는 생활방식을 일컫는 말이다. 일본의 영화감독 데라야마 슈지가 수필집 《책을 버리고 거리로 나가자》(1967)에서 처음으로 언급

했다 - 옮긴이)'의 상징인 들꽃을 빈 병에 꽂음으로써 식탁이 빛나고 식사하는 동안 마음도 풍요로웠을 것이다.

과연 남의 언행을 보고 제 버릇 고친다는 말을 실감했다.

절약을 기조로 삼아도 반드시 지키고 싶은 자신만의 무언가를 위한 노력은 여전히 필요하다.

휴일 브런치에는 늘 사용하는 컵 대신 유명 브랜드의 특별한 커피잔 세트를 갖추면 평소에 먹는 똑같은 메뉴라 해도 맛이 다르게 느껴진다든지.

홈리스 아저씨처럼 근처에서 꺾은 들꽃이라도 훌륭한 장식이 된다.

체력도 신체 기능도 쇠퇴하기 시작하는 노년기라면 의식적으로 생활에 '변화'를 주는 지혜와 노력이 더더욱 필요하다. '변화'가 뇌에 자극을 주면 마음이 기뻐한다.

마음이 만족하는 생활을 하면 욕구 불만도 스트레스도 쌓이지 않는다.

행복감이나 만족감이 뇌 내 호르몬을 활발하게 하니 인지증이나 우울증 예방에도 도움이 된다는 조사 결과도 있다.

연륜이 쌓인 만큼 지금까지 인생을 살면서 저축해놓은 '생활의 지혜'를 적절히 이용할 수 있으면 좋겠다. '절약해야 한다'는 집념보다 얼마나 지혜롭

게 생활을 꾸려갈지를 고민하는 편이 마음의 부담도 덜고 돈 걱정도 줄일 수
있는 방법일 것 같다.

제**4**장 　생활의 달인이 되는 습관

청결하게　아름답게　쾌적하게　산다

늘 '아름다운 집'을
유지하기 위한 비결

옛날에는 청소를 싫어했는데 노년에 이르러 갑자기 청소를 좋아하게 되는 경우는 특별한 사연이 없는 한 거의 찾아보기 어렵다.

집안일 중에서도 특히 청소는 더럽고 힘들고 위험한 작업.

아무리 열심히 해도 보상이 적으니 청소를 싫어하는 것도 이해가 된다.

청소는 좋아서 하는 것도 아니고, 싫다고 하지 않아도 되는 게 아니다.

지루한 청소를 좋아할 순 없더라도 그냥 잘하면 된다는 마음가짐으로 임하자.

청소를 좋아하는 사람의 집이 늘 깨끗하다는 보장도 없고, 오히려 청소를 싫어하더라도 잘하는 사람의 집이 깔끔하게 유지되는 경우가 많으니까.

독일에서도 결벽증인 양 집안을 늘 쓱싹쓱싹 닦는 사람을 '청소귀신'이라 부르며 비웃곤 한다.

'인생에 청소가 다는 아니다'

살기 위해 해야 할 일은 너무도 많다. 취미로 직장 일로 집안 일로 바쁘게 활동하는 사람의 집이 '대체 청소는 언제 하는 걸까?' 의아해 할만큼 깨끗하게 유지될 때 "훌륭해!" "부러워!"라는 말을 들을 수 있다.

우선 남이 보고 '아름답다'고 감탄할 만한 청소를 한다.

남들의 눈에 잘 띄는 장소, 쉽게 더러워지는 장소를 의식적으로 확인하고, 더러워지면 바로 닦는다. 더러움을 방치하지 않는 집은 늘 산뜻하고 아름답다.

물론 더럽지 않더라도 정기적으로 쓸고 닦아야 한다.

물 주변

화장실이나 세면실, 욕실 등 물이 있는 장소는 사용하는 동안이 바로 청소 타임.

수건으로 주변의 물을 훔치거나, 솔을 이용하여 때를 닦는다.

이렇게 하면 따로 '청소 타임'을 둘 필요가 없다.

바닥

바닥에 떨어진 쓰레기는 반드시 줍는다.

더러워지면 바로 그 자리에서 해결한다.

카펫에 흘린 음식 찌꺼기는 시간이 지나면 지저분한 얼룩이 되므로 딩

장 깨끗이 치우도록 한다.

현관

외출할 때나 귀가할 때 신발을 가지런히 정리하는 습관을 지닌다.

어제 신은 신발은 얼룩을 닦아내고 신발함에 넣도록 한다.

주방

주방의 가스레인지나 조리대는 사용 후 즉시 닦는다.

표면이 깨끗해 보인다 해도 요리 후의 흔적은 반드시 남으므로 잘 닦일 때 처리해야 나중에 지워지지 않아 곤혹스러울 일이 없다.

사용 직후 닦아두는 습관을 지니지 않으면 산화된 기름때가 눌러 붙어 몸도 마음도 힘든 '대청소'를 면할 수 없게 된다.

사용한 그릇이 적으면 바로 설거지를 하고, 많으면 식기세척기에 넣는다.

식기세척기 내부가 더러워지지 않게끔 넣기 전에 그릇을 살짝 헹군다.

세탁

빨래는 쌓아두지 않는다.

아침에 세탁기를 돌리고, 손세탁이 필요한 스타킹이나 속옷은 그때그때 빤다.

빨래 양이 적어도 쌓아두지 않도록 한다.

몸과 마음을 자유롭게 하는 단시간 가사!

집안을 둘러보면 단시간에 가능한 '작은 청소나 가사'가 반드시 발견된다. 쌓아뒀다가 한꺼번에 정리하는 '대청소'보다 매일 '작은 청소'를 짧은 시간에 해치우면 청소에 대한 부담감 없이 안정된 마음으로 생활할 수 있다.

'작은 가사나 청소'는 시간도 걸리지 않고 힘도 들지 않으므로 몸과 마음이 지치지 않는다.

이런 습관을 들이면 청소가 귀찮지 않고 비교적 가벼운 마음으로 해치울 수 있다.

나이가 들수록 간단한 운동을 겸한 효율적인 청소는 신체 건강에도 도움이 된다.

게다가 집안을 '항상 깔끔하게' 유지할 수 있다.

청결하고 아름답게 정돈된 집은 바라보는 것만으로 마음이 편안해지니 내일을 위한 활력으로도 연결된다. 쾌적한 생활이 가능한 덕분에 집에서 지내는 시간이 즐겁고 하루하루가 만족스럽다.

1분 이내의 가사 습관으로
쾌적한 하루하루

일상생활 속에서 '이 정도의 집안일은 내가 직접 한다'라고 정해두면 하루하루가 순조롭고 쾌적하게 흘러간다.

매일 이어지는 가사에 나만의 리듬을 갖고 임하면 청소 효율이 좋아 늘 집안이 깔끔한 상태가 되므로 '이것도 해야 하고 저것도 해야 하는데'라는 부담감에서 해방될 수 있다.

시간을 들이지 않는 가사의 포인트는 자신의 행동 패턴에 입력시키는 것.

특히 청소는 '~를 하면서' '~를 하는 김에' 해치워버리면 몸과 마음에 부담이 되지 않고 시간도 들지 않으니 효율적이다.

지금부터 내가 평소에 활용하고 있는 '1분 이내의 초단시간 가사와 청 소'를 소개하겠다.

아침에 일어나면 창문을 열어 집안의 공기를 순환시킨다.

하늘을 향해 크게 심호흡을 하면 '오늘도 힘내자'라는 생각이 들면서 몸과 마음이 활기를 되찾고 의욕도 샘솟는다.

집안에 탁한 공기와 냄새가 차 있으면 먼지가 모이고 지저분해진다.

반면에 늘 신선한 공기가 흐르는 집은 청결감으로 가득하여 그곳에 사는 이들의 몸과 마음까지 상쾌해진다.

침대에서 일어나면 바로 이불을 들추고 시트나 베개 커버의 주름을 편다.

침대 주변으로 바람을 통하게 하여 습기를 없앤다.

간단히 끝낼 수 있는 침대 정리를 나중으로 미루면 더 귀찮아지므로 일어나자마자 바로 해버리는 게 좋다.

방에서 나올 때 '침실 정리정돈은 이것으로 완료' 상태여야 한다.

시간도 거의 들지 않는 이 간단한 작업만으로 침실이 말끔해진다.

침대를 정리하면서 주변에 쓰레기나 얼룩이 있는지도 체크.

스탠드나 알람시계 위에 쌓인 먼지도 턴다.

물 주변은 늘 깨끗이

독일에서는 물을 사용하는 곳 주변이 늘 깨끗하게 유지될 때 건강하고 교양 있게 생활하는 것으로 인정하는 경향이 있다.

'아무리 호화로운 옷을 멋지게 차려입었어도 주방이나 욕실 등 집안에서 물을 사용하는 곳 주변이 더러우면 품성을 의심받는다.'

물 주변은 주방의 기름때와 마찬가지로 더러움을 방치하면 오히려 나중에 노력과 시간을 더 잡아먹는 성가신 청소 작업으로 연결된다.

세면대

세수를 하거나 양치질을 하거나 화장실을 사용한 후 그냥 방치하면 물때로 남아 박박 문질러도 잘 지워지지 않는 얼룩이 된다.

양치질을 하면서 세면대 주변의 소품이나 화장품, 수건 등을 체크하고 가지런히 정돈하거나 새것으로 교환한다.

세수를 한 후에는 세면대 주변에 떨어진 물을 반드시 마른 수건으로 닦아둔다.

닦는 김에 거울이나 수도꼭지도 깨끗이 한다.

화장실

사용한 후에는 비치된 솔로 변기 안을 닦는다.

이렇게 하면 물때나 얼룩이 생기지 않는다.

일주일에 몇 차례 수건을 새것으로 교환하고 슬리퍼는 매번 가지런히 정리한다.

우리 집은 슬리퍼나 매트, 변기 커버가 없는 대신 맨발로도 들어갈 수 있도록 변기 주변 바닥을 부지런히 닦아둔다.

슬리퍼나 매트에 묻은 때가 악취의 원인이 되고, 또 세탁하고 교환하는 데에 시간과 수고가 제법 들기 때문이다.

덕분에 우리 집 화장실은 탈취제를 쓰지 않아도 부지런히 환풍기를 돌리고 생화나 숯을 놓아두는 것만으로 늘 산뜻하고 청결하게 유지된다.

샤워 시간은 청소 타임

욕실은 습기로 답답해지지 않도록 평소에 부지런히 환풍기를 돌리고 창문을 연다.

외출할 때는 환풍기를 켠 채 문을 열어둔다.

물 주변을 항상 청결하게 유지하려면 우선 부지런히 환기를 해야 하고,

또 물이나 얼룩을 방치하지 말아야 한다.

"자, 청소 시간이다!" 하고 기합을 넣으면서 시작하는 욕실 청소에는 기력도 체력도 시간도 많이 든다.

따로 '청소 타임'을 두기보다 샤워하면서 얼른 해치우는 것도 괜찮은 방법이다.

샤워를 끝낸 후 더러워진 바닥과 벽에 샤워기로 뜨거운 물을 끼얹는다.

그러면 더러움도 씻겨나가고 물도 잘 마르고 곰팡이가 쉽게 생기지 않는다.

욕조는 샤워기로 씻어 내린 다음 마른 수건으로 닦기만 하면 된다.

샤워 시간에 '욕실을 청소해버리는 습관'이 몸에 배면 욕실을 사용할 때마다 몸과 손이 자연스럽게 움직인다.

평소의 작은 습관으로 욕실을 언제나 청결하고 깨끗하게 유지할 수 있으며, 게다가 귀찮은 '욕실 청소'에서도 해방된다.

청소기는 한꺼번에 돌리지 않는다

바닥 청소는 설령 청소기의 힘을 빌린다 해도 노력과 수고가 필요한 작업이다.

지치지 않도록 하려면 집안을 몇 구역으로 나눠서 청소하는 방법도 있다.

오늘은 거실, 내일은 나머지, 이런 식으로.

자신의 능력이나 체력에 맞게 청소하는 범위를 조절하도록 한다.

일주일에 두 번 정도는 빗자루로 구석만 쓸어낸다.

절전도 되고, 손잡이가 긴 빗자루라면 등을 쭉 편 채 청소할 수 있으므로 가벼운 '유산소운동' 효과도 있다.

청소기로는 깨끗이 하기 힘든 천장이나 벽, 모퉁이를 힘들이지 않고 쓱 쓱 쓸어낼 수 있어 즐겁게 청소가 가능하다.

빗자루에 젖은 수건을 감고 바닥을 쓸면 수건이 먼지를 빨아들여 집안 공기가 탁해지지 않는다.

빗자루는 다양한 아이디어를 자유롭게 접목시키며 즐거운 청소 타임을 연출할 수 있도록 만들어주는 편리한 물건이다.

천장의 조명기구도 쓸어내리듯이 닦으면 청소가 간단히 해결된다.

단시간 노동으로 집안일을 여유롭게 끝내는 습관을 들이면 여러 가지로 궁리하여 자기만의 지혜를 짜내려 하므로 뇌에도 자극을 주어 치매 방지에 도움이 될 것 같다.

빗자루는
인테리어 소품이 되기도

옛날부터 '빗자루 애호가'였음을 자부한다.

어떻게 쓰느냐에 따라 지혜와 아이디어를 즐길 수 있는 데다 집안 구석
구석까지 깨끗이 해주므로 늘 요긴하게 사용하고 있다.

몇 년 전 지방에서 선물로 보내준 고급 종려비는 내게 보물 같은 존재다.

외출할 때나 귀가할 때 마음이 내키면 그것으로 현관이나 다다미방을
대충 쓸곤 한다.

종려나무 껍질을 가늘게 벗겨서 수작업으로 만든 빗자루인데, 내 손에
익어가는 동안 종려 성분 덕분인지 목재나 대리석 바닥에 조금씩 광택이 나
기 시작했다.

옛날부터 일본인이 아끼던 종려비인 만큼 실용성이 뛰어나다.

쇼와시대(1926년~1989년) 중기 청소기가 등장하기 전까지 모든 집에 하나
씩은 반드시 갖고 있던 종려비.

어린 시절 벽에 기대놓았던 우리 집 빗자루 끝은 좌우가 비슷하게 닳아 있었는데, 친구 집이나 이웃에서 본 빗자루 끝이 한쪽으로만 구부러진 걸 보고 '왜?' 하고 신기하게 여겼던 기억이 난다.

"빗자루로 쓸 때는 가끔씩 방향을 바꿔야 해."

"비 끝이 구부러져 있으면 단정해 보이지 않아."

깔끔쟁이 엄마의 잔소리는 노년이 된 지금도 선명하게 기억해낼 수 있다.

벽에 매달린 끝이 가지런했던 '아름다운 빗자루'.

벽에 매다는 식의 '보여주기 위한 수납'의 지혜이기도 하다. 장소도 차지하지 않고 언제든지 바로 쓸 수 있다는 점에서도 매력적이다.

좌우 대칭의 균형미 넘치는 빗자루는 물건 다루기에 능숙한 '생활 달인'의 증거였다고도 할 수 있다.

우리 집 종려비는 어떨까?

현관의 손님용 코트 걸이에 매달아놓고 내킬 때마다 마룻바닥을 쓸고 있으니 청소가 고생스럽지 않다. 또 아름다운 인테리어 소품으로서도 크게 활약하고 있다.

물론 좌우 균형을 생각하며 사용하는 지혜도 잊지 않으려 한다.

수건 하나로
온 집안을 반짝반짝하게!

청소 달인은 '수건 한 장'만 있으면 어디든 깨끗이 할 수 있다.

흔하디 흔한 수건은 손이나 얼굴을 닦는 용도로도 청소 도구로서도 최고의 역할을 다하는 '편리한 물건'이다.

더러움의 성질이나 건축재에 따라 수건을 뭉쳐서 닦거나 접어서 닦는 등 변형하여 사용할 수 있다.

벽에 진득진득하게 묻은 얼룩을 청소할 때 붕대처럼 손에 감고 닦으면 수세미보다 힘이 덜 든다.

실버센터에서 간혹 열리는 고령자 대상 청소 강좌를 들으면 늘 권하는 '청소 도구'가 바로 수건이다.

'수건 한 장'의 역할에 대해 말하라면 2시간은 족히 떠들 수 있다.

체력과 기력이 쇠퇴한 고령자에게 안성맞춤인 '청소 도구'다.

목재 바닥, 카펫, 다다미를 닦을 때는 물에 적신 수건을 꼭 짜서 사용한다.

목재 바닥은 수건을 8분의 1로 접어서 닦고, 다다미나 카펫을 닦을 때는 물수건처럼 둘둘 감아 사용한다.

8분의 1로 접어서 닦으면 깨끗한 면을 여덟 번 쓸 수 있으므로 행구는 횟수도 줄고 물도 아낄 수 있고 수고도 던다. 물을 꼭 짜서 닦으면 수분을 싫어하는 다다미나 카펫 표면도 청소할 수 있다.

나이가 들수록 힘들어지게 마련이니 친숙한 도구를 어떻게 이용하면 좋을지 궁리해가며 청소를 편하게 즐기고 싶다.

수건은 구멍이 날 때까지 반복적으로 세탁하여 다시 쓸 수 있다.

깨끗한 새것으로는 테이블을 닦고, 오래 써서 너덜너덜한 것으로는 바닥을 닦는 식으로 구분해서 쓴다.

사용 후 손으로 빨아서 통풍이 잘 되고 눈에 띄지 않는 의자나 테이블 아래에 널어두면 하루 만에 마른다.

수건은 빨기만 하면 몇 번이나 다시 쓸 수 있는 친환경 청소 도구이다.

에너지 절약으로도 연결되니 '지구 온난화 현상을 완화하는 데에 조금은 도움이 된다'는 자부심을 가져도 좋다.

물건을 소중히 손질해가며 끝까지 쓰는 알뜰 생활을 실천하는 듯하여
뿌듯해지기도 한다.

먼지가
마음을 죽인다!

몇 년 전 라디오 생방송에 출연해 1시간 정도 이야기를 한 후 메일이나 전화를 통해 청취자로부터 다양한 문의를 받았다.

청소 방법에 대해, 일과 가정의 양립에 대해, 독일 주부의 생활에 대해.

전국에서 날아온 질문 대부분이 '이런 얼룩은 어떻게 처리하면 좋은가?'라는 구체적인 것부터 '집안일에 시간 배분을 어떻게 해야 하나?'라는 것까지 충분히 예상할 수 있는 질문이었는데, 뜻밖에도 한 여성이 '청소를 싫어한다. 먼지가 많아도 태연하다. 오히려 물건들이 주위에 난잡하게 널려 있어야 마음이 안정된다'라는 사연을 전했다.

유리 저편에 있는 중년 남성 PD가 무슨 의도로 이 전화를 연결했는지 의아했다. 그냥 순서대로 연결했을 뿐인지도 모르지만.

처음에는 놀리는 건가 싶었다. 질문에 척척 대답하다가 리듬이 깨져버려 한순간 정지 화면처럼 되어버렸다.

생방송이니 무슨 말이든 해야 했다. 대답을 찾느라 머리가 핑핑 돌았다.

분명 먼지 때문에 죽는 일은 없을 테고, 책상 위나 온 방에 물건이 어수선하게 널려 있어도 '어디에 무엇이 있는지' 다 파악하는 사람도 있다.

아무리 그래도 어질러진 게 좋다니…….

보통 사람이라면 물건이 난잡하게 널려 있는 곳에서는 안정이 되지 않고 불안해지며 심신이 피로하기 마련인데.

"사람에 따라 생활 방식이 다양하니, 스스로 가장 쾌적하다고 느끼는 상태가 제일이겠지요. 그래도 날씨가 좋은 날엔 창문을 열고 평소에도 환풍기를 자주 틀어주세요. '곰팡이와 진드기'는 먼지가 많이 쌓인 더러운 장소를 좋아하거든요. 길게 보고 생각하면 당신의 몸에도 당신의 방에도 좋지 않아요. 집도 손상되기 쉽고, 곰팡이나 진드기 바이러스로 건강을 해치면 마음도 무거워지고 우울해지죠. 아무쪼록 건강에 유의하시기 바랍니다."

조언을 마무리한 후 물건과 쓰레기로 가득한 그 사람의 방을 상상하며 '쓰레기 방에 있는 게 편한 것'은 '당신의 현재 마음 상태가 반영된 결과'라고 속으로 일침했다.

바닥에 물건을
두지 않는다

독일에서는 '바닥에 물건을 두면 돈이 모이지 않는다'고 한다.

바닥에 물건이나 상자가 비좁게 놓여 있으면 청소할 때 방해가 되고, 매번 옮겨야하기 때문에 상상만으로도 청소할 마음이 싹 사라진다.

즉, '청소 횟수가 줄면 먼지가 쌓이고 비위생적이 된다. 그 안에 사는 사람은 병에 쉽게 노출되니 의료비용이 많이 든다. 예를 들어 바닥에 둔 물건에 발에 걸려 넘어져 다치기라도 하면 예상치 못한 치료비가 든다'는 것이다.

독일뿐 아니라 일본에서도 자택에서 발생하는 고령자의 사고율은 꽤 높다.

젊을 때라면 신경도 쓰지 않을 사소한 장애물이나 단차에 제대로 대처하지 못해 넘어져 큰 부상을 입곤 한다.

나이가 들면 생각한 대로 몸이 잘 움직이지 않는다. 이런 고령자의 부상은 일상다반사로 일어나는 사건이다.

그러므로 바닥은 늘 널찍하게, 최대한 물건을 내려놓지 않도록 한다.

바닥을 점령한 물건은 필요 없는 것이 대부분이다.

좁은 공간을 더 답답하게 만들고 비위생적이고 이동하기도 불편하다.

내 몸의 건강과 안정을 위해 물건에 대한 집착을 과감히 줄이고 편안하게 생활할 수 있는 주거 공간을 유지하기 위한 습관이 무엇보다 중요하다.

집에서 편히 쉬며
할 수 있는 일

나이가 들수록 집에서 지내는 시간이 많아진다.

한창 일하던 시기에는 밤에 잠을 잘 때만 이용했지만, 이젠 느긋하게 쉬면서 몸도 마음도 편안히 누이고 싶은 공간으로 여기게 된다.

그러려면 '아름다운 집'이어야 한다.

"자, 청소하자"라고 기합을 넣을 것까지도 없이 간단히 할 수 있는 방법은 얼마든지 있다.

거실에서 쉴 때

TV를 보거나 음악을 들으면서 별 생각 없이 테이블 주위를 둘러본다.

근처에 쓰레기가 있는지 없는지. 있으면 주워서 바로 버린다.

걸리는 시간은 휴식 타임이 시작되기 전의 고작 몇 초.

이 습관이 눈과 손에 익으면 집이 늘 깨끗하게 유지된다.

그리고 나서는 어떤 것에도 신경 쓰지 말고 아름다운 공간에서 음악 감상과 TV 시청을 즐긴다.

식사를 즐길 때

어린 시절 식사 전후에 테이블을 닦는 일은 언제나 내 담당이었다.

사용할 때마다 정성껏 닦으니 테이블은 얼룩이나 먼지 하나 없이 늘 반짝반짝했다. 그랬기에 가족이 기분 좋게 식탁에 둘러앉아 오붓한 식사를 즐길 수 있었다. 그 습관이 몸에 밴 탓인지 지금도 식사 전이나 후에 손이 저절로 움직여 테이블을 닦는다.

문을 열 때

문손잡이는 손때로 쉽게 더러워진다.

문득 생각이 날 때마다 마른 수건으로 슬쩍 닦아두면 좋다.

더러운 문손잡이 때문에 모처럼 깨끗해진 방의 청소 효과를 반감시킬 필요는 없지 않겠는가.

문을 열고 이동할 때 잠깐 체크하는 청소 습관을 지니면 늘 쾌적하게 지낼 수 있다.

계단 난간

오르내릴 때 손에 수건을 들고 난간을 닦으며 이동하는 방법을 추천

한다.

겉으로 보기엔 깨끗한 것 같아도 계단 난간은 손때로 틀림없이 더러울 것이다.

일주일에 두세 번 정도 닦으면 끈적거리는 느낌도 없어지고 늘 깨끗하고 위생적이다. 특히 여름에는 땀이나 먼지가 묻기 쉬우니 조금 더 세심하게 닦도록 하자.

자기 전에

다음 날을 기분 좋게 맞이하기 위해 자기 전에 집안 곳곳을 정리한다.

주방의 물건을 가지런히 정리하고, 싱크대 주변의 물을 닦는다.

이렇게 하는 것만으로 다음 날 아침의 주방일이 즐거워질 것이다.

손은 최고의
청소 도구!

청소 서비스 회사를 창업한 지 올해로 31년이다.

덕분에 청소 방법에 관해서는 '보통 사람에 비해 많이 안다'라고 자부할 수 있게 되었고, 회사 경영에 대해서 배운 점도 많고 새로운 발견도 많았다.

하지만 이것으로 끝이 아니라 여전히 '발전하고 있다'라고 생각한다.

그중에서도 가장 큰 발견은 '내 손이 최고의 청소 도구!'라는 사실이다.

일본인은 예부터 '빗자루와 쓰레받기, 먼지떨이와 걸레' 등의 간단한 도구로 집안을 청소해왔다.

나무와 종이와 흙 같은 자연 소재로 집을 지은 데다 기름때가 생길 만한 식생활이 아니었고, 또 예전에는 집안에 물건이 그리 많지 않았기 때문에 '먼지를 떨고, 쓸고, 닦는 것'만으로 집을 청결하게 유지할 수 있었다.

그에 비해 지금은 쉽게 더러워지는 자재로 집을 짓는다.

식생활이나 라이프스타일의 변화에 따라 집을 더럽히는 요소도 늘어났다.

그에 따라 획기적인 청소도구와 전기제품, 로봇까지 등장하면서 청소를 포함한 가사노동이 꽤 쉽고 편리해졌다.

그러나 다양한 종류의 '편리하지만 복잡한 도구'가 인간사회에 오히려 불편과 당혹감을 부여한 것도 사실이다.

편리함에 얽매여 '심플 이즈 베스트(간단한 게 최고!)'라는 사실을 쉽사리 잊고 만다.

회사를 만든 후로 30년간 청소 테크닉을 이리저리 모색하는 동안 집을 깨끗이 하는 데에는 다양한 도구도 복잡한 기계도 필요 없다는 사실을 깨달았다.

'효율적인 방식'만 있으면 적은 노력과 시간으로 해결할 수 있다.

많은 종류의 도구를 갖추기보다 청소 순서에 따라 단순한 도구를 효과적으로 사용하는 것이 좋다.

그리고 무엇보다 중요한 것은 '손이 최고의 청소 도구'라는 사실이다.

손에 익숙하지 않은 도구는 아무리 성능이 좋아도 집을 깨끗이 청소하는 데에 별반 도움이 안 된다. 피부에 맞지 않은 고급 화장품처럼.

손과 수건, 그리고 적절한 방법.

이것만 있으면 어떤 더러움에도 대응할 수 있다.

요즘은 밖에서도 집에서도 테이블 위나 주변에 있는 장식물을 슬쩍 만져보곤 한다.

'더러운 정도'를 체크하는 것이다.

표면이 '거슬거슬'하면 먼지가 묻은 것이므로 우리 집이라면 수건으로 대충 닦는다. 밖에서는 안타깝지만 모른 척하고, 그곳이 음식점이면 두 번 다시 가지 않는다.

아무도 모르는 나의 '은밀한 습관(버릇?)'이다.

요즘은 식사나 티타임을 가지겠다며 집이 아니라 호텔 같은 곳으로 초대하는 경우가 많은데, 그 이유가 뭘지 궁금하다……

쾌적하게 생활하기 위한
마음의 여유

일상적인 청소나 집안일에 시간과 노력을 들이지 않으려고 이리저리 궁리하거나 지혜를 짜는 것도 물론 좋지만, 그보다 '기본적인 생활 습관'을 지니는 편이 훨씬 편리하고 효율적이다.

사용한 직후가 바로 손질할 때다.

물건을 사용했다면 반드시 손질해두는 습관을 지니도록 한다.

사용한 직후엔 더러움이 심하지 않으므로 청소나 손질에 시간이 걸리지 않고, 몸도 마음도 지치지 않는다. 대부분 몇 분 이내에 해결된다.

깨끗이 손질된 장소나 물건이 주변에 있는 것만으로 마음이 편안해지고, 또 다음에 사용할 때 기분 좋게 쓸 수 있다.

손질된 물건이나 장소는 소유자의 '예절'과도 관련이 있는 것 같다.

지금은 가사노동을 할 때 다음 순서를 생각하면서 한다. 일도 마찬가지이다. 일하면서 다음 일을 준비하는 태도는 무척 중요하다.

다음을 생각하지 않고 지금 하는 일에만 집중하면 시간과 노력과 자원을 쓸데없이 낭비하는 결과로 이어질 가능성이 높다.

다음을 준비해가며 일하면 어떤 노력도 헛되지 않고 순조롭게 잘 굴러가니 마음에 여유가 생긴다.

예를 들어 아침식사 준비를 하면서 '오늘 점심 땐 뭘 먹을까'를 생각하면 아침에 먹고 남은 요리를 재활용하기 위한 방법이 떠오른다.

채소를 데칠 때도 며칠 보존할 수 있는 것이라면 조금 넉넉히 준비한다.

그만큼 광열비와 노력과 시간이 절약되고, '남은 재료를 쓰면 된다'라는 생각만으로 마음에 여유가 생긴다.

요리뿐 아니라 의류도 마찬가지다. 옷을 벗어 솔질을 하면서 뜯어진 곳이 없는지 단추가 떨어지려 하지는 않는지 확인하고 바로 수선해두면 다음에 입을 때 당황하지 않는다. 또 세탁 후 널기 전에 주름을 펴두면 다림질의 노고에서도 어느 정도 해방된다.

일을 하면서 '다음 일을 편하게 하기' 위한 준비를 같이 한다면 앞으로의 생활이 더욱 순조롭고 쾌적해질 것이다.

삶의 공기를 바꿔주는
작은 지혜를 찾아보세요

티끌도 모이면 태산이 됩니다.

빗물도 한 방울씩 모이면 큰 그릇을 채울 수 있고, 단단한 바위도 녹일 수 있어요.

자연계와 마찬가지로 우리도 생활하면서 이런 '사소한 습관'을 지니는 것이 중요합니다. 이 차이가 큰 결과로 이어져, 나 자신을 바꾸고 내 인생을 행복하고 풍요롭게 만들어주지요.

일상의 작은 습관은 누구라도 쉽게 따라할 수 있는 간단한 것이지만, 막상 행동으로 옮기려면 의식적으로 노력해야 하고 지속하기 곤란한 상황도 생길 수 있습니다. 반드시 도움이 되리라는 걸 알면서도 대부분 도중에 포기하고 좌절합니다. 하지만 노력과 인내와 참을성을 발휘하여 한번 몸에 익혀 습관화하면 어느덧 당연한 하루하루의 행동 패턴이 되어, 태양이 매일 동쪽에서 떠올라 서쪽으로 지듯 자연스럽게 반복되지요.

작은 습관의 축적이 몸과 마음에 변화를 주고 인생에도 막대한 영향을 끼칩니다.

좋은 습관으로 심신이 건강해지면 일이나 돈, 인간관계, 그리고 인생이 풍요롭고 충실해집니다.

일본에 '곰팡이 부자'가 많다는 사실을 아시나요?

곰팡이는 당신의 집과 몸과 마음에 악영향을 줍니다. 원인은 더러움과 습기예요. 사용 후 부지런히 환기를 하고 수분이나 때를 닦는 습관을 지니면 곰팡이가 무서워 다가오지 못합니다. 이 작은 습관을 이어나가는 집은 늘 상쾌한 공기로 가득하고, 청결하고 건강하고 쾌적하며, 밝은 미소와 행복으로 충만할 것입니다.

아침에는 반드시 창문을 열어 내 몸과 집 안에 신선한 공기를 들이도록 하세요. 그리고 크게 심호흡을 합니다. 이 습관만이라도 계속 이어나가면 체력과 기력이 증진되고, 또 통풍이 잘 되는 집은 튼튼하고 오래갑니다.

내 삶의 방식을 바꿔 인생과 생활을 풍요롭게 만들어주는 작은 습관은 주변을 유심히 관찰하면 얼마든지 찾을 수 있습니다.

나를 위한 '작은 습관'을 꼭 찾길 바랍니다.

2017년 3월 오키 사치코

홀
가
분
하
게

산
다

1판 1쇄 발행 2017년 10월 17일
1판 2쇄 발행 2017년 12월 1일

지은이 오키 사치코
옮긴이 이수미
펴낸이 김성구

책임편집 이은정
단행본부 박혜란 김민기 나성우 김동규
저작권 이은정
디자인 홍석훈 문인수
제 작 신태섭
마케팅 최윤호 송영호 유지혜
관 리 노신영

펴낸곳 (주)샘터사
등 록 2001년 10월 15일 제1-2923호
주 소 서울시 종로구 창경궁로35길 26 2F (03076)
전 화 02-763-8965(단행본부) 02-763-8966(영업마케팅부)
팩 스 02-3672-1873 **이메일** book@isamtoh.com **홈페이지** www.isamtoh.com

표지 사진 mooki
한국어 판권 ⓒ (주)샘터사, 2017, *Printed in Korea*.

ISBN 978-89-464-2072-4 03830

이 도서의 국립중앙도서관 출판시도서목록 (CIP)은 e-CIP 홈페이지 (http://www.nl.go.kr/cip.php)에서
이용하실 수 있습니다. (CIP제어번호: CIP2017025451)

값은 뒤표지에 있습니다
잘못 만들어진 책은 구입처에서 교환해드립니다.